风骨化沉香

历史的闲言碎语

杨自强　杨洁

上海书店出版社

SHANGHAI BOOKSTORE PUBLISHING HOUSE

［晋］晋人生活图（吐鲁番市阿斯塔那古墓葬群出土）

［晋］顾恺之《斫琴图卷》（局部，宋摹本）

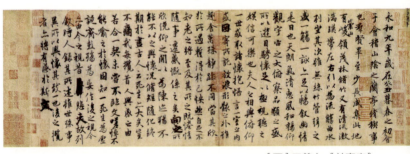

［晋］王羲之《兰亭序》

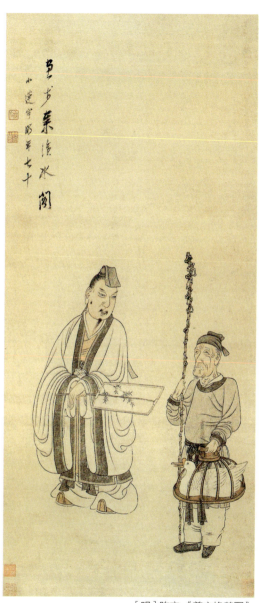

［明］陈字 《羲之换鹅图》

[晋] 王献之行书《鸭头丸帖》

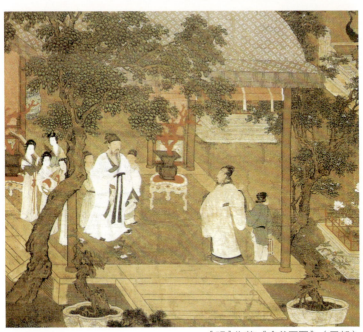

[明] 仇英《金谷园图》（局部）

［明］钱榖 《兰亭修禊图》（局部）

[清] 丁观鹏 《摹顾恺之洛神图》（局部）

［清］施桢《竹林七贤图》

［清］苏六朋《东山报捷图》

目录

I

序

卢敦基

　　这是两位报人写的读史随笔。两位作者，自强兄是我曾经的同窗，杨洁女史则缘悭一面，只听说与自强同是当地知名专栏的主笔。所以这里就说说我与自强当年的一点往事，算是对同窗的托付有个交代。

　　对报人的揶揄不算太少。我手头正在读的《天才的编辑——麦克斯·珀金斯与一个文学时代》中说，珀金斯年轻时就曾做过记者。他是这样总结记者的工作的："当你养成了报纸记者那样的精神习惯时，你的写作就完了，它会害你。报纸记者写稿必须要求的快速和粗疏，对于更高层次的写作终究是致命的；但我考虑更多的是记者对各种事件都投入相当的兴趣，无论事件是否真正重要。他是记录者，仅此而已。"但不管我们在硕士同窗时他的职业理想是什么，我当时向往的是李普曼，因为《李普曼传》早已经译成中文，而《天才的编辑》是今年才读到。

但是我要说，这位我的同窗报人写的历史随笔内行、靠谱，因为他的硕士，读的是中国古典文献学。当时的老师，还有好几个是民国遗存的大家，也有新中国成立后的新秀。当时打的古汉语基础，可是有点扎实。上世纪五六十年代以来的大学中文系，受革命思想影响，对白话文更为看重。这没错。但中文系毕业仍不太看得懂古典中文，无论如何总不能说对吧？作者至少在硕士阶段得到了这方面严格的训练。

现在想来，其实日后的职业生涯，在读硕士时皆已注定。同室共四人，两位焚膏继晷，孜孜不倦，今日成为国家一流学者，名至实归。我当日醉心于研究生会会刊的编辑事务，也是兴之所至，无师自通，今日仍干这份行当。当时教育远无今日兴旺，全校硕士研究生总数刚满一百，领导为活跃空气，促进学术，拨款办个内部刊物。但刊物登什么？导师的文章虽好，但肯定不能是主体；研究生们对自己的学科有兴趣，开始钻研，也拿来不少好稿，但是外专业的多数同学缺少共鸣，甚至不读。作为实际的操刀手（主编非我，不过他宽宏大量，我可称"执行主编"），我能做的是不过到处挖掘优质稿源。同室几人，焉能逃出我的眼界？三人中有两位中了"奸计"。而反响最大、出我意料者，就是自强写的"新新派武侠小说"。该文一炮打响，不仅在研究生内部洛阳纸贵，就是在整个大学包括门卫中也影响深远。

武侠小说大多气氛紧张、场面严酷，而"新新派武侠小说"则轻松幽默，以日常可见的场面引人发噱。然而，当日的我经常百思不得其解，为何一个应该以专研学问为职业的严肃读者群竟会青眼独加此文？直到今日我才明白，按目前的生物学研究成果，笑出现于人类拥有烹饪、音乐、语言、宗教……之前。笑最早让人类沟通，产生共情、共感，促进人类小圈子的团结，共同觅食，迎接环境挑战。作为个体的原始人不足道，正是因为合作，人类才迈开了文明的大步伐。笑已是人类的本能之一。如果一篇文章能引人发笑，它在大众间的成功已经有了一半以上的概率。自强甫一出手就达到了这个效果。

到此，算是交代了杨自强、杨洁（我虽未识荆，但既与自强联袂，想来也是同道中人吧）的《风骨化沉香》一书的基本特点：内行，好玩。内行，是因为两位作者不仅读书颇多，还由于多年在新闻一线沉潜，见识甚广，用此解读和诠释史学问题，不啻以倚天剑劈豆腐。好玩，则是由于作者的天性，凡事皆能看出其有趣处。这两大特点，半是修为，半是禀赋。有天赋无修为不行，有修为无天赋也不行。必须两者同出，相得益彰，方能天衣无缝。读者诸君，不知以为然否？

2018 年 3 月 24 日

（作者系浙江省社会科学院《浙江学刊》主编、二级研究员）

魏晋人物晚唐诗

乌龟大师躺着赢

——司马懿的人生"五禽戏"（上）

司马懿"火"了！从《三国》里隐忍奸诈的老狐狸，到《大军师司马懿》里的雅痞帅大叔，再到《三国机密》里深情的霸道总裁，司马懿似乎穿越而来，成了火爆荧屏的"网红"。不过司马懿并不是因为这些电视剧走红的。事实上，在成功学越来越流行的今天，司马懿越来越火几乎是一种必然。在他身上有太多令人大感兴趣的谜团。

三国时有那么多的英雄豪杰，为什么偏偏是司马懿成为最后的大赢家？

魏蜀吴连年征伐、争来斗去，为何最后竟是三国归晋？

司马懿到底凭借什么，能够几次击退"其智近妖"的诸葛亮，能够在生性多疑的曹操眼皮子底下熬过十几年，还能够攀至权力巅峰，最终夺了魏室权柄？

一千个人眼中有一千个司马懿，但总感觉他面目模糊。或许是因为他心机城府太深沉，太善于隐忍韬晦，以至于连当时的人们都看不透他，而千百年后的我们更是雾里看花水中望月。

司马懿为什么能赢？历史上的司马懿到底是个什么样的人？《大军师司马懿》剧中有个情节设定，说是华佗把他创立的"五禽戏"传给了司马懿，此后司马懿无论居家旅行、行军打仗甚至身陷囹圄，都坚持打"五禽戏"强身健体。这个情节估计是为了解释司马懿为什么能活那么长，就像他一直养的那只乌龟一样。这个情节是否符合史实，无从考证。不过我们倒是可以通过"五禽戏"，来对司马懿做个另类解读。

华佗的"五禽戏"，是模仿虎之威猛、鹿之安舒、熊之沉稳、猿之灵巧、鸟之轻捷，一共几十个动作。据说勤加练习，可消食除疾，轻身健体，延年益寿。那么司马懿的人生"五禽戏"，又是哪几种"禽兽"能够贯穿他波谲云诡的传奇一生呢？且听我一一道来。

第一个很好猜，不用说，乌龟。

曹操诗云："神龟虽寿，犹有竟时。"那是相对于宇宙而言，如果相对于"譬如朝露"的苦短人生，乌龟绝对是长寿的象征。古人常慨叹宇宙无穷、人生有限，"出师未捷身先死，长使英雄泪满襟"，只因古人平均寿命太短了。三国时期连年战乱，人命贱如草。据统计，汉末总人口有5 000多万，经过三国时期杀来杀去、天灾瘟疫等等，以致"白骨露于野，千里无鸡鸣"，户籍人口骤减至不足1 000万，人均寿命只有26岁！这样算来，足足活到72岁的司马懿绝对算长寿之星了，而"熬死对手"，也就成为他一生权力争斗中的终极大杀器！他不仅熬死了最强对手诸葛亮，熬死了曹操、曹丕、曹叡魏室三代明君，还在70岁高龄时发动"高平陵事变"诛灭政敌曹爽，取得了最后胜利。身体是成功的本钱，司马懿的这些战绩都是以长寿作为坚强保障的。

司马懿为什么能活那么长？据考证，他祖父司马儁活了85岁，父亲司马防活了71岁，弟弟司马孚活了93岁，儿子司马干活到80岁，由此看来司马家应该是有长寿基因的。另外从史料记载来看，司马懿善于控制情绪，喜怒不形于色，而且重视养生，这些应该都是其长寿的影响因子。比他牛的没他能活，比他能活的没他牛，这才是司马家族的制胜之道。

像乌龟一样长寿固然重要，然而司马懿的"龟戏"更在于向乌龟大师学习隐忍韬晦之术。他的龟缩隐忍功夫可谓超绝且空前绝后！他一生中光是装病就装了两次，一共躺在床上长达十年。第一次装病是他22岁时为了拒绝曹操征辟，假装有风痹病卧床不起。年纪轻轻就得了风痹？曹操不相信，派人夜间潜入刺探情况。司马懿一动不动地躺在那里，来人没有发现任何破绽，于是拿着刀子向他刺去，司马懿愣是"坚卧不动"。好吧，装病装到这份儿上，谁也拿他没辙，曹操只得作罢。这位杰出表演艺术家司马懿，这次装病一躺就是八年。你可别以为他只是躲在家里糊弄事儿的。有个故事说在司马懿装病期间，一次突然天降暴雨，眼看满院子晒的书籍都要淋湿了，司马懿来不及找人收拾，情急之下就从屋里跑出来搬书。不巧，这一幕正好被家里的丫鬟看到了。为了保守秘密，司马懿的夫人张春华就把这个丫鬟杀了灭口。连家里丫鬟都要完全瞒过，可见司马懿这八年装病，那是得把最好的青春年华结结实实地耗费在床上的。这样的超绝隐忍功夫，试问古今又有几人能行？

那么问题来了，古代士人的毕生追求莫不是出仕做官、建功立业，司马懿"少有奇节，聪明多大略，博学洽闻，伏膺儒教"（《晋书·宣帝纪》），为什么要装病拒绝曹操征召呢？《晋书》的解释是，他知道"汉运方微，不欲屈节曹氏"。但其实，或许还有更多考虑：比如当时群雄并起，局势尚未明朗，曹操能否最终胜出还是未知之数，司马懿在以退为进、待价而沽，等待更合适的时机、更认可的明主、更好的待遇。总之，司马懿在历史上甫一登场，就以装病八年的实力演技，展示了他超绝的隐忍功夫。直到八年后，曹操第二次征召司马懿入仕，这次可没那么好糊弄了，曹操直接撂下狠话："如果再盘桓忸怩，就把他抓起来！"此时，曹操已打败袁绍统一北方，于是司马懿半推半就，正式加入了曹氏集团。一个野心勃勃的人硬是熬到30岁才出仕做官，司马懿的耐心绝非常人可比。

　　不用说，在猜忌心很强的枭雄曹操手下做事，必须收敛锋芒、隐忍韬晦为上。史书载，当时曹操已经察觉司马懿"非人臣也"，又具"狼顾"相，又梦见"三马同食一槽"，按理说是绝容不下司马懿的。毕竟以曹操的敏感多疑、猜忌果决，杀人如同切瓜砍菜般容易，孔融、杨修、华佗、许攸、崔琰……多少名士大臣只因一言不慎被杀了，曹操要杀司马懿，那真是半点心理障碍都不会有的。所以，这时司马懿就像初入贾府的林黛玉，步步留心，时时在意，不肯轻易多说一句话，多行一步路。他说话办事时刻注意把握一个"度"字，十多年的如履薄冰、战战兢兢、滴水不漏，竟让曹操无隙可寻。他小心到了一种什么地步呢？就比如工作吧，他废寝忘食，十分勤勉，连割草放牧这样的小事也都亲自料理，如此琐碎庸碌，曹操这才逐渐安心。就这样，身边的聪明人一个个都被杀了，而司马懿竟在曹操眼皮底下安然度过 12 年，这不能不说是一个奇迹！

在面对最强对手诸葛亮时，说来你可能不信，司马懿的制胜秘诀竟也是一个字——忍！诸葛亮后两次北伐攻魏，魏国方面都是司马懿率军迎战。司马懿的作战方针就一个——"坚守不出"，藏在坚硬的龟壳儿里死死守住，死也不跟对手交战："我耗死你！"之所以这么做，是因为司马懿看准了诸葛亮最大的软肋——蜀军长途跋涉，战线太长，粮草不继，军队吃饭是大问题，所以蜀军宜于速战速决；相反，魏军则应该采取拖延战术，只要凭险坚守，有效拦截蜀军，时间长了就可以拖死蜀军，不战而胜。

看准了这一点，司马懿就誓将龟缩战术进行到底，任凭诸葛亮想尽各种办法邀战，他就是不出战。

诸葛亮多次发兵挑战，蜀军冲到营前各种撒野叫骂，我忍！

诸葛亮用退兵的方法引诱魏军，追击孔明的战功诱惑就在眼前，我忍！

诸葛亮派人送来女人衣裙羞辱司马懿，说他不敢出战，连个女人都不如，我忍！

手下众将都忍不下去了，群情汹汹来请战，甚至讥笑司马大都督"畏蜀如虎"，他还是忍！

司马懿这时候早已修炼为忍者神龟，忍功已是出神入化。连诸葛亮这么高风亮节的人都使出送女裙这样不入流的招，可见他已经被司马懿逼到什么程度了。军功的诱惑、对手的侮辱、敌军的激将、部下的嘲讽，甚至懦弱怯战的骂名，任尔东西南北风，一切的一切，都无法动摇司马懿心中钢铁般的意志。

这样的龟缩隐忍，其实作为一种做人姿态是相当难看的。曹操魏武挥鞭、豪迈霸气的枭雄气概，诸葛亮神机妙算、用兵如神的智慧形象，在后世都拥有无数粉丝迷妹。相形之下，司马懿隐忍避战、坚守不出的龟缩姿态，实在是太懦弱、太平庸、太无趣，甚至太猥琐了，但，那又奈他何呢？对于目标感极其坚定的司马懿来说，做人姿态、历史形象统统都是浮云，只要能达成目标，一切皆可忍！

龟缩神功虽然不好看，却相当有奇效。面对这只蒸不烂、煮不熟、捶不扁、炒不爆、油盐不进的忍者神龟，诸葛亮也只有望龟兴叹！在五丈原上僵持百余日后，面对司马懿坚守不战，诸葛亮终于被熬得油尽灯枯，吐血而死。乌龟大师躺着就赢。这年诸葛亮才54岁，而比他还大两岁的司马懿，日子还长着呢！往后，司马懿还能再隐忍十年、装病两年，在70岁高龄发动政变诛灭政敌曹爽，攀至最后的权力巅峰。对于司马懿来说，任你曹操权势滔天压我一头，任你孔明天纵奇才技高一筹，任你曹爽专横独断嚣张一时，那又如何呢？谁能笑到最后，谁才是真正的赢家。

司马懿的人生五禽戏，第二戏是鹰。这也很好理解，毕竟他当时就以"鹰视狼顾"闻名。

如果只是一味韬晦，做得再好也是只缩头乌龟，时间长了真成了草包懦夫。而司马懿之所以是司马懿，更在于他善于审时度势，该隐则隐，该退则退，该进则进，既懂韬晦又善抓机遇，这就不得不说到他的"鹰视狼顾"之相。"鹰视"，就是像老鹰一样目光锐利。鹰是视力最敏锐的动物。它飞翔在几千米的高空上俯视地面，眼睛既像广角镜头看得高远宽广，又像变焦镜头可以不断调节视距和焦点，准确无误地锁定地上的猎物，就连蛇、田鼠等也逃不过它的眼睛。司马懿正是拥有这样过人眼光的人：既能高屋建瓴地鸟瞰天下大势，又能细致入微地洞察世事人心。

这样超强的洞察力让司马懿能够"算无遗策"——这并非夸张，纵览司马懿生平，无论在出仕为官、领军打仗、政治斗争中，几乎找不到他有过什么明显的决策失误。而一个

[晋] 顾恺之《洛神赋图》

从不犯错的对手，实在太可怕了！

就拿出仕时机的选择上来说，在八年装病前后，天下大势早已风云变幻，而司马懿的出仕职位也不可同日而语：第一次征召是郡中推荐他做上计掾，这是负责年终向朝廷汇报政绩的低级官员，离权力核心很远；第二次征召则是丞相府文学掾，后来做太子中庶子、军司马，不仅直接在最高领导身边服务，而且还搭上了曹丕这个登云梯，成为曹魏集团的重要元勋。

在服务曹魏集团的过程中，司马懿屡屡显示出非同一般的过人眼光。例如，建安二十四年（219），蜀将关羽攻魏，引汉水淹樊城，"水淹七军"使关羽声势大振，曹操担心樊城失守、许昌不稳，打算迁都河北以避锋芒。司马懿及时劝阻。他为曹操分析利害，说迁都不仅会"示敌以弱"，而且还会造成民众不安、政权不稳，所以不能迁都。他还献策说，"孙权、刘备，外亲内疏，羽之得意，权所不愿也"，可秘密联络孙权，让孙权在后面牵制关羽，前后夹击关羽，以解樊城之围。曹操采纳了这个建议。后来局势果如司马懿所料，在魏、吴军队夹击下，关羽大意失荆州，败走麦城，最后兵败被杀。在孙刘结成多年联盟的情况下，司马懿能敏锐地发现孙刘之间的嫌隙并加以利用。既解了樊城之围，给关羽挖了个大坑，还一举瓦解多年的孙刘联盟，司马懿这手一箭三雕玩得实在是高明！《孙子兵法》说："上兵伐谋，其次伐交、其次伐兵、其下攻城。"从这件事就能看出来，司马懿目光敏锐，在伐谋和伐交上都是一把好手。

平定孟达之叛时，司马懿一方面用计，写信给孟达以稳住他，说"我相信你肯定不会叛乱的，这都是诸葛亮的离间计，我才不会上他的当"；一方面将军队分为八队齐头并进，昼夜兼程急行军，仅用八天时间行军1 200多里路，兵临新城城下，打了孟达一个措手不及。按照正常行军速度，司马懿应该要一个月后才到，而现在却仅用了八天时间就如神兵从天而降，此时，孟达连防御工事都还没筑好。司马懿当即指挥军队分八路连续攻城，只用16天就平了孟达之叛。如果拿这一仗跟司马懿对阵诸葛亮的战役相比，你会发现完全是截然相反的做事风格：对阵诸葛亮时龟缩不动、畏畏缩缩、一味拖延，而平定孟达时用兵神速，如迅雷闪电。对阵诸葛时连阵前出战都故意大费周章向朝廷请旨，平孟达时却敢于独断专行，未经批准直接领大军长途奔袭。为何？关键就在于司马懿对战局、对人心细致入微的精准洞察。他像老鹰一样看准猎物，又像老鹰一样迅猛扑杀、毫不迟疑。而这样的"鹰视"功夫，在他平定辽东、诛灭曹爽的过程中，也无不展现得淋漓尽致。

司马懿的人生第三戏，不用说你也猜到了，必定是"鹰视狼顾"的狼。

司马懿的"狼顾"在历史上相当有名。《晋书》中记载，曹操曾专门验证司马懿的"狼顾"之相：

　　魏武察帝有雄豪志，闻有"狼顾"相，欲验之。乃召使前行，令反顾，面正向后而身不动。又尝梦三马同食一槽，甚恶焉。因谓太子丕曰："司马懿非人臣也，必预汝家事。"

身体不动，而头却可以像狼一样180度转向后方，司马懿不仅有此异相，而且还具有狼的特性：谨慎多疑，心怀不轨，阴险狡诈，残忍狠辣。

司马懿前面大半辈子都伪装得很好。他像只乌龟，低调、隐忍、谦恭，甚至退让懦弱，在朝中赢得了很高的人望。而在他60岁平定辽东公孙渊之叛后，第一次显露出他残忍嗜血的一面。辽东襄平城破之日，司马懿不仅处死了辽东2 000多名官吏，而且还下令将襄平城中15岁以上的男子全部斩首，于是，7 000多名无辜平民被杀。随后，司马懿将这些尸体筑成"京观"。所谓"京观"，就是古代战争中将敌军尸体堆砌，用土封筑而成的高冢。辽东被杀得血流成河，辽东人吓得魂飞魄散。

而最著名的"高平陵之变"，更是司马懿一生斗争艺术的一个集中汇演。同为魏帝曹芳的辅政大臣，曹爽只不过是司马懿眼中的猎物罢了，在这场猎杀中他的狼性暴露无遗。面对曹爽的步步紧逼，司马懿隐忍十年步步退让，装病示弱迷惑敌人，暗中却早已对猎物布下了重重包围圈，一旦时机成熟，残忍搏杀，一击必中。"高平陵之变"后，司马懿将曹爽三兄弟及其党羽何晏、丁谧、邓飏、毕轨、桓范等全部夷灭三族，不仅将与之作对十年之久的政敌全部扫除，而且还将八族老幼妇孺等 7 000 多人全部屠戮殆尽，就连婴儿和已出嫁多年的女子都没放过。司马氏举起屠刀杀红了眼，许多名士、文人都做了刀下鬼，以至"天下名士减半"。

历史至此，满纸血腥，读之令人背脊生寒、冷汗涔涔。超绝隐忍、远见卓识、务实冷静、低调谨慎、睿智果决、雷厉风行等等，这些优秀素质集于一身，司马懿的确是天下奇才。这样的奇才放在任何时代，都必能无往而不利，成就非凡的事业。这也无怪乎在成功学大行其道的今天，司马懿备受追捧。只是，能力越大责任越大。才能如武器，要看人用在哪里，如果用在歪门邪路上，那么才能有多奇绝，其人就有多可怕。

九阴真经练半部

——司马懿的人生"五禽戏"（下）

　　千百年来，司马懿的形象就是一个巨大的谜。他的人生充满了很多个巨大的问号：曹操这么多疑，并且老早就看出司马懿"非人臣也"，为什么竟没有杀了他以绝后患？司马懿历经曹魏四朝，几代君主都是雄才大略，为何竟然眼睁睁看着他一步步坐大？司马懿发动政变成为魏国实际掌权者，但他生前并没有真正篡位，他内心到底是忠是奸？历经几十年权谋斗争、战争锤炼，司马懿一路修炼升级，可谓腹有山川之险，胸有城府之深。其复杂莫测，有如大象无形，千变万化，千百年来司马懿的形象就是一个巨大的谜。

　　然而，以"五禽戏"提纲挈领，另类解读司马懿的传奇人生，倒觉得柳暗花明，豁然开朗。

司马懿的人生"五禽戏",一曰龟,韬晦隐忍、低调谨慎,这使得他规避风险、活得长久,成功熬死所有对手。二曰鹰,目光敏锐、雷厉风行,这使他最会审时度势,该出手时就出手,迅捷果断地扑杀猎物。三曰狼,阴险狡诈、残忍狠辣,这使得他在诡谲的权谋斗争中战斗力爆表,不给对手任何机会。

然而,这就够了吗?这就足以让他笑傲职场、吞灭三国了吗?No no no!他的人生第四戏,是向来被人所忽略的,却也是最重要的基础——"牛戏"!

阴险狡诈的司马懿,跟老实勤恳的牛有半毛钱关系吗?有,而且关系很大!除司马懿玩得出神入化的权谋心术之外,这一点往往被人所忽视——他其实首先像头老黄牛一样,是个勤勉务实的实干家!

幸福都是奋斗出来的。说起来,司马懿也是妥妥的"官二代",他老爹司马防官至京兆尹,曾经举荐刚出道的曹操出任洛阳北部尉,算是对曹操有过提携之恩。不过即便如此,司马懿出道的起点并不比其他士族子弟高多少。他30岁的时候才出仕做丞相府文学掾,相当于一个高级文员。此后他能在40多年的职场生涯频频升迁,一路从"文员"晋升为"打工皇帝"、曹魏集团CEO,靠的还是艰苦奋斗、勤勉实干,积累下朝中无人能比的赫赫军功、卓越政绩。

司马懿的军功较为人所熟知。在曹操时代，司马懿勤勤恳恳建言献策，每出奇谋。从曹丕时代开始，司马懿历经三朝一直南征北战，40多岁时击退东吴、南擒孟达，50多岁率大军在西线两次击退诸葛亮，60岁平定辽东公孙渊之叛……司马懿从不放过任何可以积累战功的机会，而每一次战绩，都让他得到更高的职位、更多的封邑、更大的权力、更高的人望。我们根据《晋书》试做梳理：

黄初七年，击败诸葛瑾，斩杀张霸，斩首千余级……迁骠骑将军。

太和二年，斩孟达，传首京师，俘获万余人……四年，迁大将军，加大都督、假黄钺。

太和五年，西拒诸葛亮，俘斩万计。天子使使者劳军，增封邑。

青龙二年，与诸葛亮对阵五丈原，亮死，蜀军退兵……三年，迁太尉，累增封邑。

景初二年，平定辽东……天子遣使者劳军，增封食昆阳，并前二县。

正始二年，吴将全琮、诸葛瑾等来犯……自请讨之，斩获万余人……秋七月，增封食郾、临颍，并前四县，邑万户，子弟十一人皆为列侯。

建功立业自然是好事，但我们也知道，在封建王朝，做臣子的一旦功高震主，可不会有什么好果子吃。果不其然，曹丕死后，魏明帝曹叡即位，他对司马懿就没有爱得那么深、爱得那么认真了。曹叡 22 岁即位，早已成年了，又雄才大略，可他老爹非要塞给他四位辅政大臣。曹叡想"政由己出"，看着这几个老家伙自然是不顺眼。等到曹真、陈群、曹休三位相继过世，就剩下一个司马懿独大，年高望重，功高震主，曹叡对他是又嫌弃又猜忌，老琢磨着想削了他的兵权——只是到最后都没有成功，为啥？还不是因为司马懿有实力呀！

这时期还处在三国鼎立之际，魏国对吴、蜀两面作战，边境线上动不动就要打仗，而曹叡可以信赖依仗的曹氏、夏侯氏的将领都相继挂掉了，魏国内部可用的军事统帅，也就只剩下在军中根基深厚的司马懿了——曹叡能怎么办呢，他也很绝望啊！遇到战事又起，他只能再次放低姿态请司马懿出山，还要给他更多的兵权和封赏。例如诸葛亮来犯时，曹叡就对司马懿说："西方有事，非君莫可付者。"公孙渊反叛，曹叡又去请司马懿，说："此不足以劳君，事欲必克，故以相烦耳。"天子把话说到这份儿上，可以说是把姿态放得相当低了。

就这样，司马懿军功越来越高，曹叡猜忌心越来越重。最可怕是，曹叡竟然没有活过司马懿。到曹叡临死托孤时，他又面临一个艰难的选择：真要把司马懿放进托孤班子吗？是不是把司马懿一撸到底？他内心无比纠结，把辅政大臣的班子成员调来换去。召司马懿的诏书一天之内改了好几次，一会儿要召他回，一会儿又不许他回，可临到最后，还是不得不向现实低头，把司马懿列为托孤重臣。

是什么让一个皇帝纠结到这个地步？还是因为司马懿的实力呀！用司马懿，他极有可能会谋朝篡位；可如果不用他，除他之外也没有可以担当军国大任的人选，就连曹爽也是从宗亲中勉强挑出来制衡外姓权臣的，其他人即使有能力也撼不动司马家盘根错节的势力根基。曹叡也是万般无奈啊，明知司马懿有野心，也不得不赌上这一把。

这说明什么呢？说明司马懿通过大半生的实干、实绩、实力，已经越来越强化了自己的不可替代性。这也说明了一个颠扑不破的真理——有为才有位。人的价值是由不可替代性决定的。你的不可替代性越大，你的价值越大，收益越高，地位也就越稳固。

事实上，除了军功，司马懿的政绩也十分卓著，而这往往被人们所忽略。司马懿的主要政绩之一，是大力推行军事屯田，恢复发展农业生产，使魏国的国力大为增强。

早在建安时期，司马懿做军司马时就向曹操提出建立军屯的建议。他说：

> 昔箕子陈谋，以食为首。今天下不耕者盖二十余万，非经国远筹也。虽戎甲未卷，自宜且耕且守。

曹操采纳了这个建议，后来在曹丕时期又得以大规模推行。从史料来看，曹魏军屯基本上是在司马懿主持下推行的。最著名的上邽军屯，由司马懿的三弟、当时的度支尚书司马孚负责具体事宜。这里屯驻有农丁5 000人，"秋、冬习战阵，春、夏修田桑"，解决了"谷帛不足"的问题，使"务农积谷，国用丰赡"。司马懿与诸葛亮相持，多亏以上邽军屯的小麦作为军粮，才保障了军事上的胜利。

司马懿还多次组织兴修水利，如开成国渠、筑临晋陂，引洛水等灌溉，收到了"国以充实"的效果。青龙三年(235)，关东饥馑，司马懿还能调运长安存粟500万斛输于京师洛阳，以资救济。

正始二年（241），司马懿主持对吴作战时，又与邓艾谋划在淮南、淮北创建了军屯，紧接着又穿广漕渠，引河入汴灌溉田亩二万多顷。《晋书·食货志》记载：淮北、淮南军屯共五万人，"且佃且守"，由于水利灌溉而获丰收。六七年间，已经积了三千万斛粮食，可供养十万人五年之久。以此为保障去攻打吴国，无往而不克。当时的景象是，自寿春到京师，农官兵田，鸡犬之声，阡陌相属，好一派丰收景象啊。

淮南、淮北军屯扩大，对促进北方经济的恢复和发展，特别是对增加曹魏财力、支持与东吴的战争，起到了重要作用。史称："每东南有事，大军兴众，泛舟而下，达于江、淮，资食有储，而无水害。"

人生"五禽戏"之"牛戏"，司马懿抓住了其精髓所在——务实、实干、实绩、实力，这正是司马懿争斗一生真正的核心竞争力，这才能最终成就了他的人生第五戏——"虎戏"。

爱读史的人都知道，三国人物里有俗称"卧龙"诸葛亮、"凤雏"庞统、"幼麟"姜维，还有个"冢虎"司马懿。虽然仔细琢磨，"冢虎"总透着一股阴森、恐怖的味道，但龙、凤、虎、麟并列，还是认为这四个人都是人中翘楚，有着超凡绝世的才华。并且，四人之中，只有司马懿取得了政治军事斗争中最后的胜利，笑到了最后。

在乱世纷争中，适者生存，强者生存。事实上，如果抛开封建王朝"君君臣臣"的朝纲伦理，你会发现，司马懿以实力为支撑，他的节节胜利几乎是一种必然。

司马懿与诸葛亮对抗，实则是两国国力的对抗。当时三国号称鼎立，实则魏国实力最强，东吴次之，蜀国最弱。到三国后期，魏国占据了汉末十三州中的九个半，吴国占据两个半，而蜀国只占有一个益州。魏国的国土面积、人口、兵力、经济规模都是蜀国的数倍。诸葛亮又劳师远征，粮草不继是其最大硬伤。司马懿在对阵诸葛亮时能顶住对手、部下、荣誉等压力坚守不出，他越能忍，并不代表他懦弱，相反代表他越有底气，越沉得住气。他的自信来自魏国的实力，来自战略的信心。这从他写给司马孚的家信中可以看出："亮志大而不见机，多谋而少决，好兵而无权，虽提卒十万，已堕吾画中，破之必矣！"表面看，诸葛亮频频挑战，司马懿龟缩不动；实际上，诸葛亮智计百出虽打得热闹，但并没有真正捞着什么好处，司马懿看似畏畏缩缩落个"畏蜀如虎"的名声，但他牢牢锁定他的战略目标。克服"青史留名"那点虚荣心，只求耗死诸葛亮，司马懿是绝对的务实主义。

他与魏帝博弈，最根本的还是以实力作支撑。曹丕时代，由于治国理政成效斐然，曹丕非常信赖倚仗他，把他列为三大辅臣之一。曹叡心中对司马懿十分猜忌，但碍于他手握重兵、资望最高、实力最强，也不得不孤注一掷，向他托孤。主弱臣强悬殊至此，君主实际上已经别无选择。

司马家最后篡位成功，靠的也是实力。在魏晋门阀制度下，王朝实际上就是皇室与豪族的政治联盟，皇帝实际上是众多豪族推选出来的政治盟主、"带头大哥"。姓曹的带头大哥实力不行了，自然是皇帝轮流做，今年到我司马家。

如果把魏国看作一个集团公司，司马家为何能够最终完成 MBO（Management Buy-Outs，即管理层收购，指公司经理层收购本公司，使企业经营者变成企业所有者）？这是因为职业经理人司马懿和他的儿子们，能够不断"做大蛋糕"，使魏国变得更强大，让所有大小股东都能获得高额分红。司马家作为集团管理层，多年来为企业发展作出了巨大贡献，自然在 MBO 过程中就赢得了股东们的支持，成为企业真正的"核心决策层"。在这种情况下，司马家持股比例不断上升，直至成为绝对控股的第一大股东，那么有朝一日坐上董事长的位置，那也只是时间问题了。

历来史学家及民间百姓对司马懿的评价多为负面，一个

魏晋砖画《猎兽图》

"篡位乱臣"的恶名是怎么也洗不白了。但如果以务实的眼光来看，与魏晋同时代的东吴丞相张悌对其的评价或许值得深思："曹操虽功盖中夏，威震四海，崇诈杖术，征伐无已，民畏其威，而不怀其德也。丕、叡承之，系以惨虐，内兴官室，外惧雄豪，东西驰驱，无岁获安，彼之失民，为日久矣。司马懿父子，自握其柄，累有大功，除其烦苛而布其平惠，民心归之，亦已久矣。"所以，"淮南三叛"也没能推翻司马氏，曹髦之死也没能动摇司马家，他们剿灭政敌曹爽显得水到渠成。归根结底，是因为他们"威武张矣，本根固矣，群情服矣，奸计立矣"。

最后，再来温习一下司马懿的人生"五禽戏"。要我说，司马懿这只"冢虎"，牛之务实是基石，龟之隐忍是保障，鹰视狼顾是双翼。有了鹰视狼顾，"冢虎"才如虎添翼。但如果没有牛之务实，司马懿根本成不了虎。

物质基础决定上层建筑。实力是物质基础，权术是上层建筑。权谋心术、神机妙算固然重要，但两国相争，最终还是要靠国力说话；人际争斗，最终也是要靠实力说话。

无论是两国相争还是人际竞争，权谋心术固然重要，但最终还是要靠实力说话。以武侠小说打个比方，权术相当于招数，实力相当于内功。放眼武林，绝大多数人都想靠招数扬名立万，而真正的大侠，仰仗的是内功。如果苦练内功打通了任督二脉，任何招数都能信手拈来，简单一招也可以摘叶伤人，甚至无招胜有招。如果没有内功，只学些招式，那就是花拳绣腿，中看不中用。

"汝欲学作诗，功夫在诗外。"凡是聪明人，必下笨功夫。现在人人想学司马懿的"职场秘笈"，可如果只一味钻研他的权谋心术，不能静下心来学他的内功心法，这不是买椟还珠？——当心！若像梅超风一样只练半部九阴真经，可是要走火入魔的哦。

宁作高贵乡公死

魏甘露五年（260）一个暮春的早上，魏都洛阳，宫室巍峨。一名 20 岁的青年穿着皇帝龙袍，身登战车，率领仆从数百人，鼓噪而出，径直向大将军府杀去。

这是 20 岁的魏帝曹髦，讨伐想篡位的权臣司马昭。

大将军司马昭这时已权势滔天，动辄领兵几十万。而此刻的"曹髦军团"，简直虚弱到了滑稽可笑的地步。几百人都是宫中的保安、书僮、看门老头之流，拿着长矛畏畏缩缩，向前行军战战兢兢。

唯有领头的曹髦倒是杀气腾腾、怒气冲冲。他挥舞着长剑亲自拼杀，一路使出"主公计无双"："谁敢挡我？""天子讨逆，违令者斩！"看这架势，大家懵了，谁也不敢轻举妄动。

就在这紧急关头，太子舍人成济问司马昭心腹贾充："事情紧急，怎么办？"贾充瞪他一眼："司马公养你们，正为今日之事！"——还问什么？赶紧上啊！成济闻言，心领神会，抄起一支长戈就向曹髦刺去，当场把皇帝刺了个透心凉，戈刃直从后背穿出来。

可怜曹髦，血溅当场，中兴梦断！

身为天子，赤膊上阵公开讨逆，还当场被弑毙命，这场景几乎空前绝后。曹髦的勇气毋庸置疑，但历来史家对此评价不高。有人说，如果他能韬光养晦，勤治图成，说不定还能中兴魏祚。可惜啊，他偏偏"明决有余，而深沉不足"，才这样鲁莽从事，以致自取灭亡。

也有人进行技术层面的分析：历朝跋扈权臣和傀儡皇帝的事儿常有，天子诛杀权臣的成功案例也有不少。没吃过猪肉还没见过猪跑吗？比如北魏元子攸诛杀尔朱荣，清朝康熙擒鳌拜等等，套路都差不多，总要先设计把权臣哄骗进宫，或以布库少年布下天罗地网，或埋伏三百刀斧手于帐后，以摔杯为号，一拥而上击杀之。千军万马他不可能挂在腰带上，等他落单就好办了啊！哪有像曹髦这样喊打喊杀地冲出去？简直就是作死的节奏，完全不是诛杀权臣的正确姿势。

曹髦真是空有热血却智商不足吗？设身处地站在他的角

度想想，可能会有另一番评价。

作为曹操的嫡系曾孙，曹髦其实天资颇高。史籍中称他"少好学，夙成"，但皇位本来是轮不到他的。前任皇帝曹芳，因为闹出了反抗司马师的"衣带诏"事件，不仅自己被废，连带三位大臣也全被腰斩灭族。那接下来找谁当傀儡呢？司马师本打算立彭城王曹据（曹操的儿子），但郭太后激烈反对。太后说："论辈分彭城王是我叔叔，他为天子，将把我置于何地？我没有立足之地也就罢了，难道明皇帝（曹叡）就该绝嗣吗？"郭太后提出了新的人选——高贵乡公曹髦。

司马师想想，曹髦就曹髦吧，一个吉祥物而已，至于选大熊猫还是中华鲟，无所谓啦。于是便送了这个顺水人情。只是他没想到，后来曹髦差点变成一头凶猛的扬子鳄！当然这是后话了。

就这样，14岁的曹髦阴差阳错捡了个皇帝做。他是聪明人，完全知道人家找他来干什么的，所以一开始就按照傀儡应有的人设，很是谦恭温顺。刚到达京郊的玄武馆，群臣奏请他住在前殿，曹髦回答说，前殿乃先帝寝殿，不敢越礼，于是暂住西厢房。群臣又奏请以天子之礼迎他入京，他仍不同意。百官来拜迎他，他也赶紧下车回拜，说，我眼下也是臣子。这下百官都很高兴："这少年天子举止如此谦和得体，我大魏中兴有望啊!"

刚做傀儡时,曹髦也算兢兢业业,按照司马师、司马昭的意思,几乎年年给这哥俩加官晋爵。从"入朝不趋,奏事不名,剑履上殿",到"封相国,食邑八郡,加九锡"——本来嘛,他一半大孩子,没什么根基,拿什么与司马氏抗衡?

但是一个人的血性和心气是很难长期伪装的。他天分颇高,怀抱着中兴魏室的宏图大志。随着司马氏对皇位的步步紧逼,这位血气方刚的青年越来越接近爆发的极限。在作为一个傀儡极其有限的能力范围内,曹髦其实做过很多种尝试和努力。我们试着从史书只言片语的字缝里做一下梳理吧。

一是笼络人心。曹髦一登基,就大赦天下,又下令削减天子的车马服饰和后宫费用,罢除靡费无用之物。他还有意派人"分适四方,观风俗,劳士民,察冤枉失职者"(《三国志·三少帝纪》)。看似体恤民情,实则走访反对司马氏的利己势力,争取建立"挺曹反马统一战线"。曹髦还曾在魏蜀战争后连下几道诏书,要求寻找阵亡将士遗体,一一收敛安葬,免除其家庭赋役。虽然他手中没钱没粮没官位,但这笼络人心的举措还是多少有些效果的。

二是培植亲信。作为傀儡,曹髦在国政、军事上自然是插不上手,他也就能参加一下讲经宴筵、谈诗论文之类的活动。于是他抓住这仅有的机会，常与司马望、王沈、裴秀、钟会等大臣讲经。给不了封地晋爵这样的干货赏赐，他就在精神奖励上做足文章。比如称裴秀是"儒林丈人"，王沈是"文籍先生"。司马望在宫外任职，曹髦特赐他一辆追锋车和勇士五人，每当有集会就奔驰而至。不过，司马望是司马家族的人，钟会是司马氏死党，王沈、裴秀后来也很快改换门庭投靠司马氏。曹髦的这个"亲信预备名单"上，竟没有一个是靠得住的。有一次司马昭问钟会如何评价曹髦，钟会答了八个字——"文同陈思，武类太祖"，意思是说文采可比曹植，英武很像曹操。这看似极高的评价，放在当时的情境下，几乎等同于向曹髦射出了一支冷箭。

三是进行意识形态斗争。曹髦曾经在宴请群臣时，对众大臣、儒生发起过一个著名辩题——夏少康与汉高祖孰优孰劣？当时，群臣儒生几乎都持正方观点，认为汉高祖是开国之君，少康是中兴之主，创立基业比中兴功业更大，所以汉高祖优于夏少康。但独独曹髦持反方观点，核心理由如下：夏朝少康在国家灭亡后出生，跋涉奔波四处逃难，最终恢复了大禹的功业，若非大仁大德大智大勇，焉能如此？而汉高祖趁着秦朝土崩瓦解，倚仗一时的权谋、武力夺得天下，道德上有很多硬伤。比如父亲要被人煮了，他要分一杯羹；兵败逃命时，为了轻车前进，他把自己亲儿子闺女推下车去；对待谋士功臣，他更是囚的囚，杀的杀。"大家好好想一想，孰优孰劣"。

这场辩论持续了两天，最佳辩手曹髦雄辩滔滔，借古讽今，完全是功夫在诗外，旨在给大家树立核心价值观。在座的都是聪明人，自然都听出了他的弦外之音：司马昭和我孰优孰劣，你们该有数了吧？以后该拥护谁，该反对谁，你们该有数了吧？曹髦这气场堪比诸葛亮舌战群儒。只是，除展示了他的学识、口才、思辨能力之外，实际效果让他非常失望。毕竟，道德、才华什么的，在实力面前太过于苍白无力。

四是试图抢夺兵权。公元255年，司马师在平定毌丘俭、文钦叛乱后，回到许昌时重伤将死，他让司马昭赶紧从洛阳来许昌接手兵权。曹髦闻讯，以为机会来了，便计划夺兵。他下诏让司马昭留在许昌，让尚书傅嘏率大军还京师，想给司马氏来个釜底抽薪。然而，理想很丰满，现实很骨感。傅嘏当然不会凭着傀儡皇帝的一纸诏书，就带走司马家经营多年的部队。他马上跑去对司马氏表忠心，给司马昭出谋划策。结果大家都知道了。司马昭公然抗旨不遵，率大军还京。曹髦只得接受事实，封司马昭为大将军。司马家顺利完成了第二次权力交接。这次看起来似乎很有希望的抢夺兵权机会，就这么流产了。

五是图谋军事政变。当时，毕竟还有些不满司马氏篡权、心向魏室的人。曹魏后期的"淮南三叛"打的旗号都是要讨伐司马氏，其中后面两叛都发生在曹髦时期。曹髦应该是乐见其成，并寄予厚望的。据说诸葛诞在赴职前，曾受到过曹髦的接见，进行过一场密谈。诸葛诞到任淮南不久，就据守寿春反了司马昭。然而，即便曹髦如此抓住一切可能的机会苦心筹谋也无济于事。"淮南三叛"均被司马氏镇压。

不仅如此，曹髦的一系列动作早已引起了司马兄弟的警觉。二人每次领兵远征，必挟持曹髦同往，号称"奉天子征"。这不仅是防后院起火，更是要让曹髦亲眼看看对抗司马氏的下场。

至此，拥护曹魏的势力已经被司马氏剿灭殆尽，曹髦彻底成了个光杆司令。空有满腔抱负，终是无力回天，曹髦越发愤懑绝望。

据说他曾作过一首《潜龙诗》表达强烈不满。甘露四年（259）春正月，宁陵县一口井中出现了两条黄龙。大家都觉得是吉兆，兴高采烈地向天子祝贺。没想到曹髦当众悲叹："龙应该飞翔于云端，见首不见尾的。现在上不着天、下不着地的困在深井之中，这算哪门子吉兆？"《潜龙诗》里写道：

伤哉龙受困，不能跃深渊。

上不飞天汉，下不见于田。

蟠居于井底，鳅鳝舞其前。

藏牙伏爪甲，嗟我亦同然。

　　这诗很浅白，一望可知其意。曹髦以困于井底的潜龙自喻，把司马氏比作在潜龙面前摇头摆尾逞能的泥鳅、黄鳝，暗骂贼臣当道。据说，司马昭见而恶之，有了废掉曹髦之念。

　　事情到了这个地步，形势已成火药桶，有点火星就得炸。偏偏这时候，司马昭"进位相国，封晋公，加九锡"的事儿又被第十次提起。为什么是第十次？因为此前，已经上演了曹髦下诏九次、司马昭连拒九次的戏码，当然，这都是由戏精司马昭自编自导自演。在汉末魏晋，曹魏代汉已经示范了一整套权臣篡位的标准流程，封公加九锡，基本上是篡位的代名词，离皇帝名号仅一步之遥，只差办最后的过户手续了。既然如此，司马昭为什么自导自演了"九连拒"的好戏呢？很简单，为了面子上更好看，为了酝酿气氛等待"众望所归"的最佳时机。本来戏还得这么循环演下去。突然，曹髦怒摔剧本！史书上有一句"文王九让乃止"。"乃止"二字看起来有点赌气的意思："你不假惺惺地拒绝吗，你不要啊？不要拉倒!"

但事情仅仅消停了一年,到了甘露五年(260),旧事重提。这根最后的稻草,把曹髦彻底压垮了。不在沉默中死亡,就在沉默中爆发!四月提出动议,曹髦五月就来玩命了,上演了"天子驱车死南阙"的血色一幕。

曹髦非常值得同情,也非常可惜。但是,他当真不知道这样会送命吗?他难道不知道要保命就必须隐忍妥协吗?他当然知道!汉献帝刘协的例子就活生生地摆在他眼前。他们的境况何其相似,妄图反抗会惹来杀身之祸,相反,如果像汉献帝一样放弃反抗,隐忍退让,直至和平禅位,那还能做个富家翁呢。汉献帝把皇位禅让给曹丕后,被封山阳公。曹丕允许他在其封地奉汉正朔和服色,还给他留了句客气话"天下的好东西,我跟你可以一起享受"。共享天下是不可能的,但刘协此后不问政治,归隐田园,倒是得以与妻儿安度晚年,寿终正寝。曹丕死后他还活了八年。

如果按照汉献帝的思路走,可以预见,曹髦也可以求个善终。可他依然行此壮烈之举,我倒不认为这是一件很缺乏考虑的事情,相反很可能是经过反复权衡思虑之举。

他有血性,有梦想。他不想像汉献帝一样坐受废辱,隐忍偷生。要反抗司马氏,他还能有什么选择呢?在当皇帝的

[宋] 梁楷《三高游赏图》（"三高"指王羲之、支道林、许迈）

四年多时间里，他已经在他可怜的空间里做了最大限度地开拓，穷尽所有办法对抗司马氏，但全都失败了。在这个过程中，支持曹魏的力量被一步步消灭殆尽，曹髦的处境持续恶化。外无军队依仗，内无大臣拥护，甚至连身边的近侍、宫门守将都是司马氏的眼线，严密监视着他的一举一动。而且，司马昭与后世鳌拜这些跋扈权臣不同，他的目标非常明确，就是篡魏自立，因此他始终对皇帝保持着高度警惕。《晋书》有载："时景文相继辅政，未尝朝觐，权归晋室。"司马兄弟根本就多年不上朝、不进宫了。由此可见，把司马昭骗到宫中埋伏刀斧手杀之，这种所谓"诛杀权臣"的正确姿势，根本不具备条件。

这从后来的事实得到了印证。"吾不能坐受废辱，今日当与卿自出讨之！"起事前夜，曹髦将"诛马计划"告诉了近臣王沈、王经、王业。哪知，王沈、王业一溜烟跑了，立刻飞奔过去向司马昭告密邀功，司马昭立即召来心腹贾充等做好了应对准备。近臣尚且如此，曹髦还有什么可信可用的人呢？

从根本上来说，司马氏和曹氏的纠葛，就是一个利益共同体内部的禅代，绝非两个集团的厮杀。司马氏历经两代三人的苦心经营，早已以利益交换争取了各世家大族的支持，全盘接收了曹魏的各种人脉和资源，在实际上掌控了曹家天下。"司马昭之心,路人皆知!"曹髦喊出这句千古名言,愤怒绝望、椎心泣血。然而他还是太天真!路人皆知又如何?盘根错节的利益面前哪有公道在?所谓道德,在强权面前连块遮羞布都算不上。

曹髦没有任何指望了。现在他只有拿自己的血肉之躯和仅存的天子名号,与司马氏拼个鱼死网破。他大概是这么想的:作为绝对弱势的一方,如果平平稳稳按司马氏安排的节奏玩,那篡位已成定局,自己坐等被杀被废;不如最后赌一把,把事情闹大,把水搅浑。这时候越乱,对曹魏越有利。司马昭不是一直装模作样吗?那就把他的篡位阴谋闹得人尽皆知,让所有人都不好看,下次看谁还敢公然提"封公加九锡"?——既然用阴谋玩不过他,那索性敞开了用阳谋诛杀他。能杀得了就算中头彩,如果被杀,那也让全天下的士人看到司马家公然弑君,警醒他们谨慎站队。

出发前,王经劝阻。曹髦一把将诏书掷在地上,说:"行之决矣!正使死何惧,况不必死邪。"他想着,也不一定会死,毕竟天子身份是件避弹衣,没有人真敢在光天化日之下干掉皇帝。他唯一低估的就是司马氏的下限,居然敢在众目睽睽之下,真干出弑君这种事儿来。

但弑君者必将付出代价。魏晋时,虽然儒家伦理已然开始坍塌，但"弑君"，作为从根本上违背士人伦理的恶行，其恶劣程度就像人子弑父弑母一样可怕。弑君罪名坐实，基本上可以宣判其人道德的卑鄙，以及名节的丧失。毫无疑问，这会在当时的士人心中引发强烈地震：司马昭，一个如此丧心病狂且无伦常的人，值得他们背弃曹魏吗？如果在这个事件上依然支持他，那将要面对怎样的汹汹非议与鄙视？

在这种压力下，司马昭进入了一个很窘迫的境地，陷入了道德舆论危机。这段时间，司马昭进位困难，毫无进展。或许正是为了寻找新的政治突破口，司马昭发动了伐蜀作战。直到四年后伐蜀告捷，司马昭封晋公才算落下实锤。

不管怎么样，曹髦的死难，实际上阻滞了司马氏篡位进程，为曹魏争取到四年缓冲期。司马昭最终没能自己当上皇帝，只能让他儿子司马炎过皇帝瘾了。

从更长远来看，曹髦用生命抽了司马氏一记重重的耳光。弑君使晋朝政权的原罪尤其深重，带着永远冲刷不尽的血腥。阴谋、杀戮、篡位仿佛成为司马集团的企业文化，后来长达十几年的"八王之乱"，未尝不是在这里埋下祸根。直到东晋时，弑君故事还在朝野流传，让司马家后世子孙，做起皇帝来明显底气不足。据说晋明帝听王导讲到自家发家史，羞愧得掩面哭泣，说："真像您所说的，晋朝国祚岂能长久？"

这样看来，在这次讨伐事件中，表面上，曹髦输了；但实际上，他赢了。这虽算不上是上策，但也不能算下策。很多时候，人们都习惯了聪明人的思维，以成败论英雄，以生死论英雄，认为丢了性命就是绝对不智，好死不如赖活着。但对曹髦来说，从　开始就没有翻盘的可能，已经穷尽所有努力之后，与其浑浑噩噩逆来顺受，倒不如奋起反戈一击！成固可喜，败了也能杀身成仁，那未尝不是一种拒绝苟且的人生选择。历朝历代末代君主，未有壮烈如曹髦者。

"宁作高贵乡公死"抑或"宁作汉献帝生"？这是一个问题。千百年来，人们都会有不同的选择。生命诚可贵，然而，生命并非在所有时候都是最可贵的。有的时候，人更加需要一点血性，和那一份勇往直前的勇气。

一个"精致利己主义者"的倒掉

魏晋多名人，名人多异行。而即便在如此争奇斗艳、精彩纷呈的魏晋时代，钟会也绝对算得上是一个异类。他出身显贵、聪慧绝伦、才华卓著，但同时，他又钻营、冷酷、阴险、狂热，是那个时代罕有的复杂矛盾综合体。现代倒是有一个称呼形容他十分贴切，那就是——"精致的利己主义者"。

魏晋不乏精致的人。比如嵇康，名士风度、超俗洒脱；又比如夏侯玄，朗月清风、刚直慷慨。他们的精致在于才华风度之美，在于为了理想信念敢于对抗当权者的人格之美。这让他们被千万人景仰，但也为此付出了生命的代价。

魏晋也不乏利己之人。比如贾充唆使别人公然弑君，贾南风各种杀戮陷害。他们简单粗暴一味利己，不择手段博得了荣华富贵，同时也留下千古骂名。

这两拨人如果遇着了，那绝对是水火不相容、冰炭不同器，只怕立刻就要打起来。然而只有一个钟会，却能够往返穿梭于两者之间，游刃有余且转换自如。他既能一头扎进名士堆里谈玄论道，又能在官场斗争中如履平地，还能在魏晋禅代之际左右逢源。

"他们高智商，世俗，老到，善于表演，懂得配合，更善于利用体制达到自己的目的。这种人一旦掌握权力，比一般的贪官污吏危害更大"。几年前，北京大学教授钱理群描述的"精致的利己主义者"，简直像是为 1 700 多年前的钟会量身定制，钟会几乎能算是此道鼻祖了。

这位"鼻祖"是怎样炼成的？我们现在就先来为钟会画张像。

首先，他出身高贵。钟会出身于颍川名门钟氏，父亲钟繇是魏太傅，精通法律刑名，还是楷书鼻祖，与王羲之并称"钟王"。可以说，钟会不仅门第高贵，而且还基因优良、家学渊源，一出生就赢在了起跑线上。而且，钟会是钟繇在 74岁高龄时得的老来子，自幼备受宠爱。

不过，豪门大族往往有本难念的经。钟家的家庭关系很复杂。钟会母亲张菖蒲是钟繇小妾，聪明美貌，十分受宠，但也因此遭到正室夫人孙氏嫉妒。孙氏多次陷害她，还在张氏怀孕时就下毒想害死她。后来下毒事发，钟繇一怒之下要休了孙氏，孙氏便跑到太后那儿求情，闹到让太后、皇帝都亲自出面调停。不料这反而让钟繇铁了心，70多岁的老头子宁肯饮鸩自杀也要把孙氏赶出家门。在这次宅斗中，张菖蒲是胜利者，然而好景不长，钟繇在钟会5岁时就死了，此后钟会的哥哥钟毓继承爵位、接管钟家，而钟毓很可能就是孙氏之子。这样钟会母子的处境就很尴尬了。总之，在这样复杂的大家庭里长大，钟会的性格也很复杂。他聪明又敏感，自负又自卑。他善于洞察人心，自小就学会了处理各种复杂关系。庶子的人生总是用力过猛。他还野心勃勃，强烈渴望出人头地来证明自己。

其二，他聪明绝顶。钟会是与称象的曹冲、让梨的孔融齐名的神童，童年时期就闻名天下。张爱玲说出名要趁早，想来怎么也早不过钟会。他年仅5岁时，擅长相人的蒋济就断言他将来必非常人。《世说新语》记载了钟会童年时的两则故事，颇堪玩味。一次是钟繇带着钟毓、钟会哥俩一同朝见皇帝曹叡。钟毓吓得战战兢兢、汗如雨下。曹叡问其故，钟毓说，皇上天威，所以我"战战惶惶，汗出如浆"。年幼的钟会站在一旁却镇定自若。曹叡问其故，钟会则答："战战栗栗，汗不敢出。"这脑筋急转弯逗得曹叡哈哈大笑。从这次表现来看，钟毓应对得体，会拍马屁，也算相当机智了，而钟会的聪明又比他高出一大截。更重要的是，钟会小小年纪在天子面前也敢戏谑作答，说明他气度非凡、志向远大，心底里对所谓皇帝天威并没有多少真正的敬畏。

第二个故事是说钟家兄弟俩趁着父亲睡觉一起偷酒喝，钟繇刚巧醒了，就继续装睡暗中观察。只见钟毓下拜行礼后再喝酒，钟会只喝酒不行礼。钟繇问其故，钟毓回答："饮酒本就是礼仪的一种，所以不可不拜。"而钟会回答："偷本非礼，所以不拜。"瞧瞧，这次哥俩又分出了高下：钟毓是一般聪明，而且心中有礼教，还算循规蹈矩；钟会就是上等聪明，他熟读礼教却并不真的信奉礼教，反而以礼为借口为自己巧言辩解。善于钻体制的空子，神童钟会可谓无师自通。

其三，他博学多才。钟会长大后，"有才数技艺而博学"，声名远播。他书法尽得钟繇真传，作为法律世家子弟又很精通法律。他还"精炼名理"，擅长清谈，与玄学家王弼齐名，所写《四本论》是魏晋玄学代表作之一。后来统兵伐蜀时，钟会一篇《移蜀将吏士民檄》，慷慨激昂、文采斐然……总之，我们的"明日之星"钟会是个"斜杠青年"，在文坛、哲学圈、法律界、书法圈、政界、军界都混得风生水起。这样的旷世奇才，叫他怎么不狂傲自负呢？

钟会在魏晋的上流社交圈也是如鱼得水。他不仅与司马师、司马昭、陈泰等勋贵子弟从少年时就交好，而且在文人名士圈也交游广泛，与山涛、王戎等多有亲近。钟会还是个"名士控"，最喜结交名士。他青年时期曾怀揣自己写的《四本论》，想登门向嵇康请教，可到嵇康家门口又怯阵了，情急之下把书遥掷进去，不等回话就跑了。这娇羞窘态，简直像后世纯情少男跑去暗恋女生家送情书。后来钟会做了高官，再次去造访嵇康。这次高头大马、衣着光鲜、前呼后拥，排场很大，可狂傲的嵇康理都不理，继续在大树下自顾自锻铁。钟会讨了个没趣，转身打算离开，不料嵇康发话了："何所闻而来？何所见而去？"钟会答："闻所闻而来，见所见而去。"问答完毕，钟会算是捡回自己丢了一地的面子，悻悻地走了。这次不愉快的拜访让钟会耿耿于怀，为他后来进谗言杀嵇康埋下了伏笔。

夏侯玄是当时名满天下的大名士，钟会一直很仰慕，但平日里无缘结交，后来趁着夏侯玄下狱时，钟会跑进监牢里看望，想趁机"抄底"，结个患难之交，不想这次又被刚直不阿的夏侯玄给拒了。

嵇康、夏侯玄为什么这么不待见钟会？归根到底还是政

46

治斗争。嵇康、夏侯玄两个人都属曹魏阵营，而钟会这时已经是司马氏的铁杆分子。既然如此，钟会为什么又拿热脸去贴人家的冷屁股呢？表面上看似乎是为结交名士甘冒政治风险，实际上钟会才没这么天真"傻白甜"呢！只因魏晋人崇尚名士，与大名士交游可大大提升自己的名望身价，钟会这才趋之若鹜。即便曹魏集团摇摇欲坠，但名士的名气还是"硬通货"。这套路，他懂！结交了这些大名士，以后他就可以在特定场合云淡风轻地使用以下句式为自己贴金："正如我一个非常好的朋友，美国前总统克林顿说的……"

既要赚取现实的政治利益，又要挣得清流名望；见了空子就钻，各种套路都懂；两边的便宜都要占，什么好处都不落下……规则也好，情怀也罢，信手拈来，都不过是他向上爬的垫脚石而已——这正是一个典型"精致利己主义者"的精致算计。

其四，他官运亨通。钟会以这样的精致算计，在官场上如鱼得水。他19岁出仕，一出道就获得了天子近臣的豪华"新手套装"，常与几位大臣参加魏帝曹髦的讲经宴会。但他见机识务，善于投机，很早就投身到司马氏阵营。司马师死时，曹髦本来有机会夺回兵权，但钟会和傅嘏一起帮司马昭密谋，直接抗旨带兵回洛阳，由此帮司马昭保住了兵权。这位受曹髦优待的天子近臣，搅黄了曹髦的夺权计划不说，连半点心理障碍也没有。

钟会从司马师执政时就开始"典知密事"，在平定淮南叛乱时屡献奇谋，愈加受到亲信，很快成为司马氏的心腹。在此过程中，钟会的聪明才干、投机钻营的本性展现得淋漓尽致。

诸葛诞联合东吴在寿春叛乱时，司马昭率军包围了寿春，双方相持不下。这时，钟会发挥他的书法特长，模仿东吴将领全怿、全端家人的笔迹，给全氏兄弟送去伪造的"家信"："吴主恼怒你们不能拔寿春，欲尽诛诸将。"这封信把全氏兄弟忽悠得率众出城投降。寿春城破，诸葛诞被杀，创造了合围破敌的典范。诸如此类，钟会屡出奇谋，运筹帷幄，被时人比作张良。

钟会功劳卓著，魏帝下诏提拔他当太仆，还封他为陈侯，然而钟会都推辞掉了，仍以中郎的身份继续在大将军府管记室事——有利不取，这当然不是出于谦虚。钟会这次以退为进，又算计得相当精致，不仅令他赢得了"有谋谟之勋，而推宠固让"的美名，还让他得以继续在司马昭身边充当心腹，积累更多政治资本。不久，钟会迁任司隶校尉，成为司马集团的当红实权派，人事朝政没有他不插手的，"时政损益，当

尚書宣示孫權所求詔令所報所以博示

逮于卿佐必異良方出於阿是爹羕之

言可擇郎廟況縣始以踈賤得為前恩橫

所眤公私見異愛同骨肉殊遇厚寵以至

今日再世榮名同國休感敢不自量竊致愚

慮仍日達晨坐以待旦退思鄙淺聖意所

棄則又割意不敢獻聞深念天下今為已平

權之委質外震神武度其拳々無有二計高

[晋] 钟繇小楷《宣示表》（局部）

世与夺，无不综典"。

　　不久恰逢嵇康受牵连入狱。事情本身不算大，却被钟会抓住了机会。他向司马昭进谗言说："嵇康，卧龙也，不可起。公无忧天下，顾以康为虑耳。"他还诬陷嵇康参与谋反，言论放荡，害时乱教，为"帝王者所不宜容"，应除之以淳风俗。司马昭果真听信钟会蛊惑处死了嵇康。钟会能用几句话害死大名士嵇康，自然也是经过了一番精致算计。他深知司马昭忌惮嵇康，欲除之而后快，所以抓住时机，既为主子提供借口、事后背锅，也为自己报了当年被怠慢之仇。

　　就这样，勤奋钻营、精于算计的钟会，在名利场上春风得意马蹄疾。22岁任中书侍郎，29岁封侯，31岁为司隶校尉……曾经的天才少年，如今的人生赢家。很多人辛苦一辈子都得不到的，钟会年纪轻轻就都做到了。当然这还没完，钟会38岁时又走向了新的人生巅峰——被司马昭任命为镇西将军领兵伐蜀，并且只用了短短两个月就把蜀汉给灭了！

　　说起灭蜀之战，钟会虽然是主帅，但他在剑阁对阵姜维久攻不下，倒是被老将邓艾抢了头功。邓艾带着三万兵马，绕道阴平、江油的莽莽群山，裹毛毡滚峭壁，奇袭成都，刘禅的蜀汉朝廷很快就开城投降了。邓艾立下了奇功，只可惜，他遇到了"腹黑心机男"钟会。钟会向司马昭上书诬告邓艾谋反。他还利用守剑阁之便，拦截邓艾和司马昭的往返书信，再次发挥模仿笔迹的特长，把邓艾的书信篡改得骄狂悖逆，坐实了邓艾的谋反罪名。不久，司马昭下令用囚车押送邓艾回京。

扫除了邓艾这个绊脚石，顺理成章地，钟会独占平蜀大功。就这样，38岁的钟会真正站上了人生之巅，会当凌绝顶，一览众山小啊！钟会志满意得，照常理推测，他应当是前途不可限量，荣华享用不尽了吧？错！就在此时，钟会的人生来了个大反转。他居然据蜀地举兵谋反了！并且，更让人大跌眼镜的是，他仅仅造了三天的反，就被乱军砍杀而死了！一个"精致的利己主义者"就此毁灭。

一辈子算无遗策的"精算师"钟会，最后机关算尽太聪明，反算了卿卿性命！这简直成为三国魏晋最大的谜团之一——聪明绝顶的钟会，为什么会谋反作死呢？

其实从钟会的角度，他谋反是很有道理的：他平蜀立下旷世奇功，已经功高盖主了，司马昭会给他好果子吃吗？此不得不反。灭蜀后，他手握20万大军，又占据蜀地天险，何不放手一搏？"事成，可得天下；不成，退保蜀汉，不失作刘备也"。

钟会的如意算盘的确打得不错。可为何事情没有如他所料，反而三天就迅速败亡了呢？这里恰恰暴露了一个"精致利己主义者"的最大命门——野心极度膨胀，内心极度自负，而这往往成为他们最大的陷阱。

钟会天资太高，智商情商分分钟碾压众人。他以过人的才智实现了一个又一个目标，翻过了一座又一座高峰，仿佛这世上没有什么事情是他搞不定的。皇权、重臣、名士、规则、道德，无不被他玩弄于股掌之间。他对自己的智商极度自负，对旁人打心底里都是瞧不上的。他心中无所敬畏，欲望和利益能够驱使他做任何事情。所以，当钟会攀上曾经认为是最高的那座山峰时，他赫然发现眼前还有一座更高的，他根本停不下脚步……无限风光在险峰，至于那峰下的万丈深渊，他早已经看不见了。

其实，钟会造反的巨大风险，普通人倒是看得分明：他在军中没有根基，威望不够；魏军心恋故土，蜀军刚刚投降，都不愿意跟着他造反；再加上准备不足，舆论造势、构筑工事、筹集粮草等统统没有做就草率起事，失败几乎是必然的。普通人都能看到的风险，聪明人钟会却偏偏看不见，这恰恰是一个"精致利己主义者"利令智昏的真实写照。

这就像当年钟会谗害嵇康之时，虽然他看似胜利者，却忘了他会因此失掉人心，或者即便知道他也不在意。杀国民男神嵇康之时，三千太学生联名上书请愿保他，还有不少人愿意陪嵇康一起入狱受刑。而最后钟会还是进谗言害死了嵇康，以致"天下痛之"。类似这样的事多了，钟会违背人心可想而知。

所以在钟会领兵伐蜀之前，很多人都曾劝阻司马昭，说钟会野心太大，必有异志。司马昭夫人也说他"见利忘义，好为事端，宠过必乱，不可大任"。荀勖说"钟会虽受恩，然其性未可许以见得思义，不可不速为之备"。连亲哥哥钟毓都说："会挟术难保，不可专任。"

"精致的利己主义者"就是这样，只以利益为唯一准绳，不惜践踏规则、玩弄心机、算计别人。这往往令他们得一时之利，却也因此失却人心，隐藏风险，所以他们往往走不远。"精致的利己主义"，既是他们笑傲名利场的利器，也是他们自掘自挖的人生陷阱。

这样的人在现代也不少。每读钟会生平，我常常会情不自禁地联想起当代的那些"精致的利己主义者"，经常演绎着类似的人生曲线。爬得高跌得重，看似人生赢家，却会骤然陨落；看似精致利己，最后却自食苦果。比如某高考状元上外交学院，做央视主播，聪明英俊，名满天下，以平民子弟成功跻身权贵圈，却终于玩火自焚，身陷囹圄。又比如某

"天之骄子"一步步做到高官，却因权钱交易成了铁窗里的贪官。相似的毁灭方式，仿佛在向他们的"鼻祖"钟会致敬……

或许直到败亡之际，钟会才会想起母亲曾告诫他的"自损"之道：你年纪这么轻就担任重职，"人情不能不自足"。如果不自足，那么祸端就潜伏其中，你千万要谦虚谨慎，牢记历史上的教训啊！

陆逊害死了陆机

陆逊，是三国时的名将，官拜东吴丞相、大都督。在吴蜀"夷陵之战"中，他指挥五万吴军，火烧连营七百里，是中国军事史上以少胜多的经典战例。陆机，是西晋时的著名文学家、诗人、书法家。他的《文赋》是中国文学史上第一篇系统的"创作论"，他的《平复帖》是现存最早的古代名人纸本书法的真迹。陆机是陆逊的孙子，陆机出生时，爷爷陆逊已经去世16年了。陆逊害死陆机，又从何说起？

陆逊当然不可能从地下爬起来，害死自己的亲孙子。但陆机之死，确实跟陆逊有着很大的关系。

陆机死于西晋太安二年（303），当时任后将军、河北大都督，为成都王司马颖率军20万，讨伐长沙王司马乂。七里涧一战，一败涂地，以"谋反"罪被夷灭三族。陆机临死时，留下了一句名言："欲闻华亭鹤唳，可复得乎？"心中充满了悔恨。

陆机的爷爷陆逊、父亲陆抗都是一代名将，其本人却长于写诗作赋，用兵实非其长，兵败也不算太意外。但这一仗，输得却很不应该。当时司马颖的军队有20万之众，"列军自朝歌至于河桥，鼓声闻数百里，汉魏以来，出师之盛未尝有也"，浩浩荡荡压向司马乂的残兵，几乎是稳操胜券。但军队内部却是矛盾重重，危机四伏。

陆机是一介书生，并没有在军队任职的背景，更何况是吴国灭亡入晋的，是所谓的"亡国之余"，现在却像一个"空降兵"，位在司马颖的大将王粹（灭吴大将王濬的孙子）、牵秀之上，如何能让人服气？而这一战，全军上下都认为是手到擒来。司马颖对陆机说，这一战而胜，你就"爵为郡公，位以台司"，以一必胜之战而凌驾在众将之上，简直就是送给陆机一个不世之功的大礼包，众人的不满可想而知。

如果这还只是暗流涌动，那么还有明目张胆对着干的呢。陆机军中有一叫孟超的将军，官不算大，靠山却不小，其弟是司马颖最为信任的太监孟玖。孟超仗着朝中有人，胡作非为，没人敢管。这次一出兵，他的部下就大肆抢掠。陆机把领头的几个抓了起来，孟超竟亲领百余铁骑，闯入陆机军帐，

56

把这几个部下抢了出来。还对陆机说："貉奴能作督不！"你这个南方蛮子，有本事做大都督吗（"貉子""貉奴"是当时北方人对南方人侮辱性的称呼）？如此犯上，按军法该当场诛杀。但陆机却惧怕孟玖的势力，对孟超听之任之。可能陆机也是在向其祖父陆逊学习。陆逊在夷陵之战中，面对众老将的出言不逊，隐忍不发，为人称道。但问题是，别人都知道你有本事杀，而你选择不杀，那是风度；别人都拿准了你不敢杀，结果你还真不敢杀，那就是笑话。陆机就这样给人家看了笑话，在军中号令就更没人听了。

　　其实陆机也是有危机感的。当司马颖让他做大都督时，他也怕王粹、牵秀等人"皆有怨心"，固辞推却，但司马颖不许。陆机就对司马颖说："昔齐桓任夷吾以建九合之功，燕惠疑乐毅以失垂成之业，今日之事，在公不在机也。"当年齐桓公信任管仲，九合诸侯，一匡天下，成为春秋霸主；燕惠王猜忌乐毅，结果灭齐之役，功败垂成。所以仗能不能打好，不在于我，而在于您。陆机这话的意思，是要司马颖充分信任自己，以此树立他在军中的威信，这话说得一点也没错。但司马颖的亲信卢志听了，却对司马颖说，陆机把自己比作管仲、乐毅，而把你比作燕惠王。自古以来，哪有出征之前，将军如此欺凌其君的？这话分明是断章取义，挑拨离间，司马颖"默然",心下显然同意了卢志的说法。这为后来杀陆机埋下了祸根。

此时在前线军中，蒙陆机不杀的孟超，却更为嚣张，到处散布"陆机将反"的流言。在两军对峙时，孟超又不听调度，擅自出击，轻兵独进，战败身死。陆机猝不及防，仓促应战，结果一败涂地，"赴七里涧而死者如积焉，水为之不流"。孟玖等趁机向司马颖进言，说陆机暗通长沙王司马乂。陆机的部将王阐、郝昌、公师藩等都是孟玖的人，此时与大将牵秀等共同作证。司马颖本已对陆机不再信任，加之"证据确凿"，遂以"谋反"之罪杀之。陆机一家大小包括其弟著名文学家陆云，一起赴难。江南望族陆氏中的陆逊一族，就此被根除。

卢志、孟玖等人，为何必欲杀陆机而后快？当然也不是没有原因的。

先说孟玖。这孟玖是当时把持朝政的成都王司马颖最为信任的大太监。一次，他提出要其父出任邯郸县令。孟玖所以要当回事提出来，显然其父做邯郸令是既无才能又违反惯例的。左长史卢志等司马颖手下的实权派，慑于孟玖势力，都"不敢违"。倒是陆机的弟弟陆云，一个小小的右司马，跳出来反对，说的话既直接又难听："此县皆公府掾资，岂有黄门父居之邪!"这个县令是成都王府直属的官员,哪有太监的父亲来当的道理?要说陆云也真是有文才,一句话,把孟玖全家都得罪死了。从此,"(孟)玖深怨之",这笔账就算到了陆机身上。想想孟超侮辱陆机的那句话:"貉奴能作督不!"是不是跟"岂有黄门父居之邪"是一对?

至于卢志,也是在口头上结的怨。那是陆机刚到洛阳不久。一次,众多名士聚在一起,卢志就问陆机,陆逊、陆抗是你的什么人?陆机朗声回答:"就像你跟卢毓、卢珽的关系。"这话我们现在听来好像也没感觉有什么不妥,但在当时说得上是针锋相对、剑拔弩张。魏晋之际特别讲究避讳,当面提及对方父亲、祖父的名字,是极大的不尊重,几近于侮辱。卢志于大庭广众之下问陆机,陆逊、陆抗是你什么人,陆机自然认为是当众相辱,欺人太甚,当下反击:"就像你跟卢毓(卢志祖父)、卢珽(卢志父亲)的关系"。这样的以牙还牙,连陆云都大惊失色。出来后,陆云对陆机说,何必这样不饶人呢,说不定他真的不知道。陆机说:"我父亲、祖父名播海内,天下人哪有不知道的,这王八蛋竟胆敢如此(鬼子敢尔)!"卢志也是世家出身,其曾祖卢植是汉末著名的大儒,其祖卢毓、其父卢珽也是名臣,岂有不知陆逊、陆抗的道理?他其实是想"调戏"一下初来乍到的陆机,不料触动了陆机最敏感的神经，当下就勃然大怒，愤然反击。

这个小小的冲突，其实隐含着大大的政治背景，就是北方贵族与南方士族的矛盾。晋灭吴后，为了安抚南方，征召东吴才俊为晋效力，以陆机、陆云、顾荣"三俊"为首的东吴人士就此来到洛阳。但洛阳的贵族以战胜者自居，视南来者为"亡国之余"，不免居高临下。而陆机等人，一直以来是南方的名门世家，文采风流也自认为远胜北方，对北方的士人根本不服气。陆机作为南方士族的领袖，当世最有才华的诗人，其自尊自傲更非一般文人可比。《晋书·张华传》说："陆机兄弟志气高爽，自以吴之名家，初入洛，不推中国人士。"如此一来，双方之间互相瞧不起，也是可想而知。从《世说新语》等书籍的记载中看，双方的矛盾几乎是公开化的。

陆机与潘岳当时并称"潘江陆海"。一日名士雅集，潘岳后到。陆机一看潘岳进来，起身就走。潘岳自然不爽，讥讽道："清风至，尘飞扬"，我这清风一来，把你这尘土给吹走了。陆机更不服输，应声道："众鸟集，凤凰翔"，凤凰才不会跟凡鸟一起呢。左思也是当时的著名文人，他发奋要创作一部《三都赋》，陆机听说了，对其弟陆云说："这里有个乡巴佬，不自量力要作《三都赋》，也好，等他写好了，就拿这书来盖盖酒坛子吧!"("当以覆酒瓮耳")如此刻薄的话,恐怕左思一辈子也忘不了。陆机甚至在与西晋权贵交往时也从不假于颜色。一日他去拜访王济,这王济是司马昭的女婿,以文辞俊茂而闻名于世。他以羊酪招待陆机,对陆机说,你们江东可有这样的好东西?自夸一句,其实也没什么,但陆机以为这王武子有意藐视,当下说了一句名言:"有千里莼羹,但未下盐豉耳。"千里湖的莼菜羹,跟这差不多——当然,是还没加盐豉的。意思是说,"你这羊酪算什么,要是莼菜羹加点盐豉,甩开你好几条马路"。陆机这样的得理不让人、不得理也不让人,"犯顺履险"(颜之推评陆机语),在西晋的上层社会中,人缘肯定是不会太好的。这也是卢志之流敢于进谗言且能生效的深层原因。

至于下令杀死陆机的成都王司马颖,是一个志大才疏的野心家,"形美而神昏,不知书"。"八王之乱"中的每个王,其实都是争权夺利目光短浅之辈。跟着任何一个"王",都是刀头舔血的赌博。以陆机的才智,未必看不出这一点,但他此时,已把自己和司马颖牢牢地绑在一起。三年前,当赵王司马伦杀死贾皇后自立为帝时,陆机正是其手下的相国参军、中书令。据说司马伦进九锡和晋惠帝禅位于司马伦的诏书,都是陆机起草的。这样,当齐王司马冏、河间王司马颙、成

61

都王司马颖联手杀死司马伦，掌控朝政后，陆机作为司马伦一党，已是非死不可。还好司马颖与陆机关系不错，关键时刻救了陆机一命。陆机至此，只能死心塌地跟着司马颖了。用白话小说中常用的一句话，叫做"明知不是伴，事急且相随"。事实上，在司马颖、司马伦之前，陆机还做过吴王司马晏的郎中令，也投靠过贾谧，是贾谧的"二十四友"之一。或许可以指责陆机依附权贵、投机钻营，但在西晋的体制下，一个像陆机这样的文人，要出人头地想有所作为，除了依附权贵，没有第二条路可走。然而，在城头不断变幻大王旗，乱哄哄你方唱罢我登场的"八王之乱"中，依附者随时可能会随着某个"王"的垮台而搭上一条性命。如颜之推《颜氏家训·诫兵》所说："如在兵革之时，构扇反覆，纵横说诱，不识存亡，强相扶戴，此皆陷身灭族之本也。"不幸的是，陆机正是这样。

很显然，"北漂"陆机到了首都洛阳后，没多久就得罪了小人、得罪了权贵、得罪了文坛，还把自己绑在了司马颖的战车上。他的死，几乎是一个大概率事件。

回过头来看看，当年和陆家兄弟一起从东吴来到洛阳的，像与两陆并称"三俊"的顾荣，像以"除三害"著称的周处，还有如贺循、纪瞻、戴渊、郭讷等，都是江东名门才俊，但

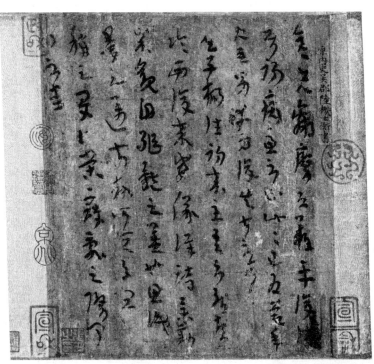

[晋] 陆机《平复帖》

他们的结局似乎都还不错。相比陆机而言，他们来到洛阳后，为人处世十分低调。比如顾荣，他"终日酒醉，不理公事"，以此来避祸。而当"八王之乱"祸起，这批江东名士纷纷退回南方，远离是非之地。陆机举荐的名士贺循，在赵王司马伦阴谋篡位之时就借病去职。人称"江东步兵"的张翰，说是思念江东的菰菜、莼羹、鲈鱼脍，于是撂下一句："人生贵得适志，何能羁宦数千里，以要名爵乎？"弃官回老家了。

　　而陆机呢，《晋书》说："时中国多难，顾荣、戴若思等咸劝机还吴，机负其才望，而志匡世难，故不从。"陆机当然清楚，留在洛阳，很可能成为"八王之乱"的陪葬品。但他没有给自己留退路，因为他是陆逊的孙子、陆抗的儿子，父辈、祖辈的荣耀不能在他身上湮灭，他不能退回江东，以一个著名诗人、书法家的身份了此一生。东吴灭亡后，光大陆氏家族的重任就落在他的身上，他必须要在这乱世中搏一把。"志匡世难"，倘若侥幸成功，建立不世之功业，"爵为郡公，位以台司"，则陆逊时代将重现于中原。也正因为是江东陆家的代表，所以陆机比任何人来得自尊自傲，不论是权贵沙龙，还是名士雅集，他绝不容忍任何人对陆家的轻慢，哪怕是无意中口头上的不尊，他都必须立即回击过去。陆机并非不知"人在屋檐下，不得不低头"的道理，但他更认为，陆逊的孙子是在任何情况下都不能向任何人低头的，即使搭上自己的生命，因为，家族的尊严高于一切。陆机之死是时代的悲剧，也是个人的悲剧。

令人叹息的是，陆机那些回江东的朋友，如顾荣、贺循等，在晋室南渡后，他们作为南方士族的代表而成了晋元帝司马睿的座上宾。此时，生命在 42 岁戛然而止的陆机离世已经十几年了，而陆逊一支也随着陆机、陆云全家的诛杀而断绝。假如当年陆逊没有成就那么大的事业，陆氏也像顾家、张家、朱家一样是江东的名门望族，陆机或许也能像顾荣、贺循这样，在东晋政权中重新建立起权势和声望吧。从这点看，陆机之死，确实是可以追溯到陆逊这里的。当然，陆机即使是死了，也还是做到了光宗耀祖，只不过不是因为他奋斗一生的功名，而是他当年视作余事的诗文。陆机倘地下有知，不知又作如何感想。

竹林"二贤"的相爱相杀

《与山巨源绝交书》，是魏晋之际知名度最高的文章之一，因被选入了中学语文课本而众人皆知。嵇康和山涛也成了"竹林七贤"中最为有名的人物，当然其形象也随之走向了两个极端。

然而读读相关史料，再来看这一名篇，总觉得有点别扭。比如山涛推荐嵇康去做官，做的还是很热门的吏部选曹郎，你要不愿意，不去做就是了，何必因此而绝交，是不是有点小题大做？说句笑话，放到现在，做官的朋友不提携你一把，你才要愤怒呢。再说了，有道是"君子绝交，不出恶声"，你嵇康绝交就绝交吧，又何必写上这么一篇雄文，搞得天下皆知，其潇洒风神又在哪里呢？此文一出，山涛几十年的光辉形象毁于一旦，留下了千古骂名。如此对待老友，实在不是嵇康的做派啊。又比如，嵇康与山涛，相交相知不是一天两天一年两年。想当初，两人一见面，就互相引为知己，"契若金兰"，此后也一直甚为相得。以嵇康、山涛这样超高的智商、情商，岂有十几年的友谊小船说翻就翻？更不可思议的是，嵇康临死，竟把儿子嵇绍托付给山涛，说"巨源在，汝不孤矣"。论亲情，嵇康有兄长嵇喜在，论交情，有"竹林七贤"的阮籍在，这两人都在朝廷为官，是可以照顾好嵇绍的，为何要向已经绝交了的山涛托孤？难道就不怕变节投靠的山涛把儿子教坏了吗？就不怕被绝交而搞得灰头土脸的山涛报复吗？

说起来，在"竹林七贤"中，与嵇康交情最深的，大概就是阮籍和山涛了。《世说新语》记载了一个很有趣的故事。说的是山涛、嵇康、阮籍三人一见如故，然后就成天在一起聊天喝酒。山涛的妻子韩氏不免奇怪，三个大男人腻在一块，简直要怀疑他们是不是基友（"异于常交"）。山涛说，"你小女人懂什么，我这一生，值得交朋友的，也就是这两人"。韩氏听了大为惊异，极想见识见识。一日嵇康、阮籍来到山涛家，韩氏就让山涛留宿两人。到了夜间，三人一起纵论天下，而韩氏在墙壁上挖了个小洞，在隔壁偷看。三个男人谈了一宿，一个女人听了一宿，都感觉津津有味。第二天，山涛问韩氏有何观后感。韩氏说"君才致殊不如，正当以识度相友耳"，即"你的才情看来不如他们，但见识风度倒也差不多"。山涛大喜说"伊辈亦常以我度为胜"，即"他们几个也觉得我的度量还不错"。

从这里可以看出，山涛与嵇康的友情是很深厚的，而山涛本人是以度量宽宏为人称道的。

确实，山涛作为"竹林七贤"中年龄上的老大，其做事沉稳、含蓄，远非其他六人可比。《晋书·山涛传》说他"居贫，少有量器，介然不群。性好'庄老'，隐身自晦"，做人十分低调。说起来，司马懿的正妻张春华是山涛的表姑，山涛得叫司马懿一声表姑夫，是正宗的亲戚。但山涛一直要到40岁才开始做官。这是因为当时曹家与司马家的争斗正烈，他不愿趟这道浑水，处世谨慎。但山涛的正直和勤勉，使得他一进官场，就走上了升官的快车道，最后位列三公。有关山涛的两个成语，可见其为官与为人的风格。一是"山公启事"，说是山涛长期担任吏部曹选郎和吏部尚书，为朝廷考察选拔官员，他"周遍百官，举无失才，凡所题目，皆如其言"，凡他所推荐的，没有一个出过问题。唯一的例外，是一个叫陆亮的人，晋武帝执意要用，山涛反对无效，后来这陆亮果然因受贿而落官。山涛对官员的考察评语，因其恰如其分、切中要害，而有了"山公启事"美称。二是"悬丝尚书"，是说山涛做了吏部尚书，送礼的人自然络绎不绝，他一概不收。一个叫袁毅的县官，送来了一捆真丝，山涛当然还是不收。但这袁毅行贿确有一套，他说，这土特产其他官员都收下了。言下之意，你山涛要拒收，不是出大家的洋相么。山涛笑笑收下了，然后把这真丝悬挂在梁上。几年后，袁毅事败，朝廷派人到山涛家里来查问此事，上梁取下真丝，只见上面积满了灰尘，连封印也没有打开过。

一个才华横溢的人，也是一个正直、稳健的人，更是一个肯为大家着想的人，同时还是皇帝家的亲戚，这样的人，在官场上能不受重视吗？能不官运亨通吗？有这样的人做朋友，自然是求之不得的好事。因此，有"璞玉浑金"之称的山涛，无论在朝在野，都是一个"大哥"式的人物。

相比之下，嵇康就是明显的"偶像派"了。《世说新语·容止》称："（嵇）康身长七尺八寸，风姿特秀，见者叹曰：'萧萧肃肃，爽朗清举。'或云：'肃肃如松下风，高而徐引。'"绝对的"高富帅"。山涛说嵇康站立时，"岩岩如孤松之独立"；当他醉倒时，"傀俄若玉山之将崩"。不妨自行脑补一下，这是怎样一个美好的形象啊。后来有人对同是"竹林七贤"的王戎说到嵇康的儿子嵇绍，说这人往人群中一站，就像"野鹤之在鸡群"。王戎感叹说，那是你没有看到过他的老爸。

嵇康长相出众，脾气也是特立独行。他自称"刚肠疾恶，轻肆直言，遇事便发"，也自称"性复疏懒，筋驽肉缓，头面常一月十五日不洗"。即使见了权贵，也是不假颜色。司马懿的心腹钟会去拜访他，嵇康自顾自打铁，连招呼也不打一个。钟会自讨没趣，悻悻然转身欲去。嵇康只才冷冷地问了一句："何所闻而来？何所见而去?"钟会当然也是个厉害的角色，当下也冷冷地说："闻所闻而来，见所见而去"，从此衔恨于心。

像嵇康这样棱角鲜明的人，喜欢的会很喜欢，不喜欢的会很不喜欢。而山涛，就是前者。他与嵇康，一个如冰一样的冷静，在冷静中蕴藏着力量；一个如火一样的炽热，在炽热中燃烧着自己。正是因为这样截然相反的性格，让他们彼此吸引，契若金兰。山涛看到了嵇康得罪的权贵太多，必然为司马氏所不容，便推荐嵇康接替他为吏部选曹郎，也许是想为老朋友找一个容身之所吧。

然而，这样的虚与委蛇，恰恰是嵇康所不能容忍的，于是就有了这篇《与山巨源绝交书》。

在这篇《绝交书》中，嵇康列出了"七不堪""二不可"，说自己懒惰成性，不善察言观色，不会循规蹈矩，生性喜好自然无拘无束，更是看不惯人间有贵贱等级之分。一句话，不喜做官也不会做官。他甚至把做官比作死老鼠，它是猫头鹰的美味，凤凰却不屑一顾，厌恶做官溢于言表。这看起来似乎也顺理成章。但事实上，嵇康是做过官的，而且做得还很认真。他做过曹魏的中散大夫，也确实做到了恪尽职守，只是当曹魏为司马氏逐渐取代的时候，他才愤而辞职，做起了一位锻铁的"行为艺术家"。他为何只做曹魏的官而不愿做司马氏的官？因为在嵇康看来，曹魏代表着正统，他既做了曹家的臣，就不可能再去做司马家的官。更何况，嵇康的夫人长乐亭主，正是曹操的曾孙女。嵇康与曹魏已绑在了一起。现在要他为司马家选拔人才，这于他无异是变节，是绝对不能接受的。他当然不能直接说不愿为司马家做官，就说自己看不惯官场的礼仪制度；他也不能直接指责司马氏，只好借着山涛来指桑骂槐。嵇康说自己是"越名教而任自然"。其实在我看来，他是既"重名教"，也"任自然"。鲁迅就说了："可见魏晋的破坏礼教者，实在是相信礼教到固执之极的。"嵇康就是这样的一个"固执之极"者。

所以，在这一《绝交书》中，与其说嵇康在羞辱山涛，倒不如说是在羞辱司马氏。他自称"非汤、武而薄周、孔"，更是击中了司马氏的"痛点"。因为司马懿以周公自比，一直在筹划"禅让"的好戏。鲁迅先生看得很透，他在《魏晋风度及文章与药及酒之关系》一文中说："非薄了汤武周孔，在现时代是不要紧的，但在当时却关系非小。汤武是以武定天下的；周公是辅成王的；孔子是祖述尧舜，而尧舜是禅让天下的。嵇康都说不好，那么，教司马懿篡位的时候，怎么办才是好呢？没有办法。在这一点上，嵇康于司马氏的办事上有了直接的影响，因此就非死不可了……这和曹操杀孔融是一样的。"看了这一春秋笔法的《绝交书》，山涛可能会叹上一口气，而气急败坏的当是篡权之心"路人皆知"的司马昭了。至此，嵇康是非死不可了。

我想，从内心深处，嵇康和山涛，都是"重名教"的人，应该是惺惺相惜的。作为曹魏宗亲的嵇康，做了曹魏的官，他就忠诚于曹魏，而作为司马家亲戚的山涛，一开始做的就是司马家的官，他忠于司马氏也是理所应当。他们都是忠臣节士，所不同的只是效忠的对象不同而已。嵇康在临终前，为什么不把儿子托给阮籍？因为阮籍是一个在酒乡中逃避现实的人；为什么不把儿子托给嵇喜？因为嵇喜是一个屈从于强权势力的人。在忠诚这一点上，只有山涛才是最可信任的。他把儿子托付给山涛，就是认为山涛能把儿子培养成另一个

[清] 冷枚《竹林七贤图》

山涛。所谓"巨源在，汝不孤矣"，不仅在生活上不孤，更在道义上的不孤。

嵇康曾写过一篇《家诫》，是告诉儿子如何做人的。这篇《家诫》，与写《绝交书》的嵇康，用鲁迅的话来说是"宛若两人"。他告诉儿子，"欲人之尽命，托人之请求，当谦辞敬谢"，做人在于低调谦逊。他告诉儿子，"若于意不善了，而本意欲言，则当惧有不了之失，且权忍之"，说话要小心谨慎，防止祸从口出。他告诉儿子，"又愦不须离搂，强劝人酒。不饮自已，若人来劝，己辄当为持之，勿诮勿逆也。见醉熏熏便止，慎不当至困醉，不能自裁也"。不要强劝别人饮酒，也不要强拒别人的劝酒，酒喝到醺醺然就不能再喝了，否则就要失控。能做到如此这般的，不是嵇康嵇叔夜，而是山涛山巨源。也许在内心深处，嵇康一直以为，做人做到像山涛这样，才是成功。他自己是做不到了，只希望儿子能像山涛这样。

山涛确实也没有辜负嵇康的苦心。在嵇康死后18年，司马炎取代曹魏，成了晋武帝。此时已是位列三公的山涛，极力向晋武帝推荐嵇康的儿子嵇绍。嵇绍先是出任秘书郎，几年后升为秘书丞，后来又升到了侍中，算是高官了。永兴元年（304），在"八王之乱"中，嵇绍随晋惠帝司马衷讨伐成都王司马颖。"王师"大败，晋惠帝脸部受伤，中三箭，百官及侍卫人员都纷纷溃逃，只有嵇绍挺身而出，衣冠端正地坚守在皇帝身边，被乱军砍死，血溅在惠帝的衣上。有白痴之称的晋惠帝居然也为之哀叹不已，甚至不忍洗去衣服上嵇绍的血迹，说"此嵇侍中血，勿去"。嵇绍成为西晋一朝最负盛名的忠臣。

就这样，嵇氏父子都死在了司马家手里。只不过，父亲是作为司马家的罪人而被杀，儿子是作为司马家的忠臣而被杀。儿子效死的，恰是父亲拼死抵抗的，这在中国历史上恐怕也找不到第二对。这看似匪夷所思，但从传统的道德观念来看，却也说得通。他们所做的，其实是同一件事，就是对忠君观念的维护。作为晋朝大臣的嵇绍，为保护晋朝的皇帝而死，可谓求仁得仁。当嵇康把他托付给山涛时，就应该想到了这一点。

回到《与山巨源绝交书》，有人以为，这是嵇康玩的一次"无间道"，以羞辱山涛，把山涛从"竹林七贤"中切割出去，从而保护这位朋友。我想，这是以今人之心度古人之腹。以嵇康、山涛的胸襟与傲气，是不屑于玩这样的把戏的。而以司马氏对山涛的信任，也没有玩"无间道"的必要。嵇康不过是借"绝交"来表示对司马氏的强烈抗议而已，他相信山涛能够理解，也相信这绝不会伤及他们彼此的感情。他们的"相杀"，只是因为他们的"相爱"。他们性格不同，所选择的道路不同，但他们在动乱世道中的为人原则是相同的，他们在本质上属同一种人。他们互相欣赏，互相引以为同道，甚至可以托孤——这是最高形式的信任。

这就是两个男人之间的伟大感情，这就是古人所说的君子之交、道义之交。

斗富斗成"豆腐"

石崇，用一个成语来形容，会是哪个？

骄奢淫逸、穷奢极欲、荒诞乖戾、狂妄自大、不可一世、自以为是、残忍好色，等等等等，那么，能不能用众望所归、聪明过人、风流倜傥、行侠仗义、才华横溢、不畏权势，来形容呢？

这听着匪夷所思。但《晋书》中的石崇，实在与我们想象中的石崇，几乎判若两人。

石崇是西晋名臣石苞的第六子。石苞临死时，把家产分给几个儿子，独独少了石崇。石崇的母亲着急了，小六这一份呢？石苞淡定地说："此儿虽小，后自能得。"放心，他以后是个发大财的。

知子莫若父，石苞的目光果然够"毒"。石崇长大后，就像许多传说中的神秘富豪一样，一下子就富可敌国了。他的财富是怎么来的？《晋书》的说法是，石崇在任荆州刺史时，"劫远使客商，致富不赀"。仅靠搜刮地皮、贪赃枉法而成为全国首富，似乎不大可能。我倒相信另一种说法，就是他在晋军灭吴之役中，在富庶的吴地抢夺了大量的金银珠宝，方能解释他的一夜暴富。这且不去细究，反正是，30多岁的石崇，已经比皇帝家里的钱还要多。

　　但石崇显然不满足于"胡润排行榜"上的首富，他有更高的追求。一次，他与大将军王敦（就是传说中"饮酒斩美人"的角儿）一起游太学，看到陈立着的孔子弟子的塑像，感慨地说，要是能像孔门弟子这样，塑成像供后世瞻仰，这做人也值了。王敦笑着说，别的弟子还真不敢说，你跟子贡倒有一比。这话说得有点皮里阳秋，既可以说是奉承石崇很有钱，也可以说是讽刺石崇只是有钱。不料，石崇一本正经地说了一句名言："士当身名俱泰，何至瓮牖哉！"做人哪，就得既有名声地位，又有舒适享受。要是为了博取个好名声，家里却弄得破门朽窗，这样的日子我可不过。

　　石崇的一生，就是为"身名俱泰"奋斗的一生，他也确实做到了"声名俱泰"。说一件事你就明白了，70年后，当有人说王羲之有点像石崇，这位天下第一的书法家竟然"甚有欣色"。让王羲之佩服的人，天下能有几个？

　　在一般人印象中，大富豪与文化人总是两种类型的人，能附庸风雅几下，就可以堂而皇之地称之为儒商了。但这全国首富石崇，《晋书》上称他"好学不倦"，明代大文学家王世贞说石崇"领袖诸豪，岂独以财雄之，政才气胜耳"。他不但是个文化人，而且还是个第一流的文学家。著名中古文学史家陆侃如先生，曾对魏晋的一流文人确定过一个标准：第一，正史的《艺文志》或是《经籍志》的集部有他的文学作品目录；第二，列入正史的《文苑传》，或是本传中提到他的文学作品；第三，《文心雕龙》或《诗品》这两部文艺理论著作中论及他的作品；第四，《文选》或《玉台新咏》这两部文学总集中有他的作品。拿这四条来衡量，石崇条条符合，是当时无可争议的一流文学家。他的诗歌，在钟嵘《诗品》中列为中品，不要以为这中品很平常，陶渊明也只是个中品，曹操还被打入了下品。当然这排行榜不一定人人服气，但至少在当时的文坛主流看来，石崇的诗是可以排进自汉至六朝这几百年中的前30位的。至于石崇的文章，这，又要说到王羲之了。王羲之最为有名的作品《兰亭集序》，就是模仿石崇的《金谷诗序》。一个人的文章，几十年还有人来模仿，模仿的还是名家，这文章几乎可称之为经典之作了。

石崇为人颇有肝胆。《晋书》上说他是"任侠无行检"，很有点为朋友两肋插刀的气概。《晋书·熊远传》记载，熊远的祖父熊翘，是石崇的仆人，"性廉直有士风"。石崇的朋友潘岳见了，大为惊异，对石崇说，这样的人才做个仆人岂不太委屈了。石崇很豪爽，行，让他走吧。熊翘摆脱了仆人的身份，发奋读书，他的孙子熊远竟然做到了武昌太守、宁远护军的高官。《晋书》还记载了一则石崇夜救刘氏兄弟的传奇。说刘舆、刘琨兄弟二人才华出众，王恺（就是那个与石崇斗富的皇帝舅舅）对他们是羡慕嫉妒恨。一日，假意请两人喝酒并请住下，准备在半夜里把这两人给活埋了。石崇听说了此事，半夜里冲到王恺府第，喝问刘氏兄弟在哪里。王恺仓促间无法措辞，只得指了指刘氏兄弟的房间。石崇冲进内室，把刘舆、刘琨拉上车就走。刘氏兄弟死里逃生，对石崇"深德之"。要是没有石崇当年这一出"王府捞人"的好戏，今天我们就读不到"何意百炼钢，化为绕指柔"（刘琨《重赠卢谌》）这样的好诗了，也就没了"闻鸡起舞""吹笳退敌"这两个典故了。

石崇在朝政上也以敢言出名。这在污浊昏聩的西晋官场，算是个异类了。一次，他的兄长石统得罪了扶风王司马骏，将加重罚，经石崇多方运作，总算免予追究。按惯例，石崇要"诣阙谢恩"，对朝廷的宽大处理表示感谢。但石崇想本来就是无罪的，岂用"谢恩"？便没有理睬。司马骏恼羞成怒，要将石统重新问罪。石崇激愤之下，向朝廷上表陈情，这就是有名的《自理表》，因其文采飞扬而收录在《全晋文》中。在文中，石崇直指当朝权要，"近为扶风王（司马）骏横所诬谤，司隶中丞等飞笔重奏，劾案深文，累尘天听"。并指责朝廷不讲曲直，只讲权势，权大于法，所谓"尊势所驱，何所不至，望奉法之直绳，不可得也"。如此直言不讳，在当时是很少见的。元康初年，晋惠帝杨太后的父亲杨骏把持朝政。杨骏自知声望不够，为了笼络人心，就对官员大加封赏，一时几乎人人升官，朝臣们自是"皆大欢喜"。石崇却公开表示反对，说这种做法，到最后"尊卑无差，有爵必进，数世之后，莫非公侯"，将给国家带来"不安"。敢于冒犯当时权臣，还敢于扫了众多朝臣升官晋爵的兴头，石崇还是有点正义感，也是很有点胆气的。

正因为如此，石崇在朝在野，都是声名远扬。嵇康的儿子嵇绍，是晋朝少见的忠烈之士。嵇绍在任徐州刺史时，石崇为都督，两人可说是同僚。石崇"性虽骄暴，而（嵇）将之以道，（石）崇甚亲敬之"，对嵇绍是既亲又敬。而嵇绍，对石崇也很是推重。嵇绍的诗，现仅存一首，就叫《赠石季伦诗》，可见两人关系不一般。要知道，嵇绍这人对交友特别挑剔。当时权贵贾谧附庸风雅，"求交于绍，绍距而不答"，不是什么人都可以跟嵇绍做朋友的。嵇绍能和石崇结交，当然不是因为石崇富有，而是赏识石崇的胆气。

然而，胆气朝前再走一步，就成了"任性"。家世显赫、文才出众、交游广阔、天下闻名，得意忘形之下，石崇做事就有点肆无忌惮，任性妄为了。石崇被杨骏赶出朝廷，贬作南中郎将、南蛮校尉，但他依然毫不在乎。南方有一种鸟叫"鸩"，其性极毒，"饮鸩止渴"说的就是这种鸟。朝廷有令严禁鸩鸟越过长江。石崇却不理会这一套，拿着这稀罕物过江送人显摆，被人弹劾。这时，朝廷征召他为大司农，他没等任命书到，就一走了之，因此而被免职。不久，他升任征虏将军，来到徐州，与徐州刺史高诞在宴席上借酒闹事，结果又被免职。

一般人任性，最多也就是胡作非为而已，而这石崇，却是个全国首富。在政治上无法一展身手，他那充沛的精力、过剩的时间、满溢的才华以及过人的想象力，全用在一项永无止境的事业上，那就是"斗富"。我揣想，或许是石崇以此来表达对现实的不满吧："你们可以剥夺我的官职，但总不能剥夺我的财产吧。我就炫耀给你们看看，到底谁最牛？"后来的事实证明，这样的想法是十分幼稚也是十分危险的。这时候的石崇，倒真像一个文人了——文人一样的不懂政治，文人一样的自以为懂政治。

石崇的"斗富"故事，经过《世说新语》的生花妙笔，早已是深入人心，以至于一般人说到石崇，第一个反应就是"斗富"。比如他与王恺的"军备竞赛"：王恺以糖水刷锅，他就以蜡烛烧饭；王恺以紫丝布作遮挡风尘的步障（步障就是挡泥的屏风，有点像现在高速公路上的隔音墙），长 40 里，他就以锦缎作步障，长 50 里，硬是增加 10 里，以申报吉尼斯纪录；王恺以花椒来刷墙，他刷墙就用更加值钱的赤石脂——这是一种中药，"五石散"中的一石。石崇连厕所也是弄得富丽堂皇。在石崇之前，没有人想到可以用富丽堂皇这样的词来形容厕所。一次有个叫刘寔的官员去拜访石崇，中间要上一趟厕所。走进一看，见里面有绛色帐子、垫子、褥子等极讲究的陈设，还有几个漂亮的婢女捧着衣服侍候，这是让客人如厕后换的——沾染了臭气的衣服，在石崇府上哪能再穿呢？刘寔见了，大吃一惊，哎呀，闯进了石家的内室了。忙不迭退出来，向石崇告罪。石崇也许要的就是这效果，轻描淡写地笑笑，没事没事，厕所而已。刘寔受不了这刺激，憋着一泡尿告辞了。类似这样的"炫富"委实有点恶俗，有点不符合石崇这样世家子弟、一流文学家的身份。可见人一旦炫富，智商就会跟着下降。

当然，这样的炫富、斗富，也就是个低级趣味，反正糟蹋的是自己的钱，没人会替他心疼。问题是石崇太忘乎所以了，"斗富"竟然斗到皇帝头上，这就有点不把豆包当干粮了。

石崇与王恺斗富时，晋武帝司马炎是王恺的外甥，心痒痒地要助老舅一臂之力。一次晋武帝把宫中的一枝二尺来长的珊瑚树送给王恺，王恺得意洋洋地拿了这稀世之宝到石府显摆。石崇看了也不多说，随手拿起一根铁如意一敲，珊瑚哗啦啦的碎了一地。王恺又惊又怒："你石崇比不过我，就使这阴招？"石崇说："别急别急，赔你就是了。"让人把家里的珊瑚树搬来了，三尺、四尺长的就有六七枝，二尺来长的更是不少。王恺至此，只能是"惘然自失"。晋武帝的面子，也随着那珊瑚树碎在了地上。

还有更过分的。《扶桑偶记》记载，一次外国向晋朝进贡了一匹火浣布。这火浣布是个稀罕物，倘沾上了油污，就丢在火里烧一下，一下就焕然一新。晋武帝让人用火浣布做了一件衣服，穿着去石崇家，存心要让这"暴发户"见识下什么叫外国进口货。石崇老老实实，穿的是平常衣服，晋武帝

金谷園圖
手于小庵寫于研香館
己未冬前二人五 [印]

[清] 华嵒《金谷园图》

正想向石崇"科普"下什么叫火浣布，石崇却喝令仆人上来侍候皇爷。武帝定睛一看，差点晕过去。这一个个奴仆，穿的全是火浣衫。也许石崇跟武帝已经熟到可以不拘形迹，但这玩笑开得实在太大了，只怕数学家也算不出此时武帝心里的阴影面积。

此时的石崇，正陶醉在"有钱真好"的心情中不可自拔。他可能没有想到，他如此的不可一世，并不是因为他是首富，而是他有靠山。石崇是贾谧"二十四友"的核心人物，而贾谧的姐姐就是白痴皇帝晋惠帝的皇后贾南风。这姐弟俩把持着朝政，自然没人会去动飞扬跋扈的石崇。等到"八王之乱"一起，赵王司马伦杀死贾南风，废除晋惠帝，自立为帝，倒了靠山的石崇便成了人人都想吃上一口的肥肉。但石崇兀自沉浸在"国民老公"的美梦中，依旧花天酒地，高调炫耀着他的财富。于是，灾祸如期而至了。司马伦的亲信孙秀向石崇讨要他最喜爱的侍妾绿珠——算是石崇对新王朝的"献金"吧。石崇一如既往地牛气：谁都可以，这个不行。孙秀大怒，石首富你也不看看现在是谁家的天下？随即诬陷石崇为"乱党"。于是绿珠坠楼而死，石崇被杀，夷灭三族。你自己看自己是首富，当权者看你，不过是一块俎板上的豆腐，想怎么吃就怎么吃，想怎么切就怎么切。而他的财富，也就理所当然地落入了司马伦、孙秀之手。"首富"的转换，就是这样的容易，世人早已是司空见惯了。

令人叹息的是，即使在被抓时，石崇还说："我最多不过是流放到交趾、广州罢了。"直到被装在囚车上拉到东市，才幡然醒悟叹息道："这些奴才是想图我的家产啊！"押解他的人答道："你这才明白啊，知道财富会引祸上身，何不早点把它散掉？"石崇无话可说，或许在他心里，这时闪过了老子的四句话："金玉满堂，莫之能守；富贵而骄，自遗其咎"。

当今的首富马云，曾描述过他心目中的幸福生活，那就是"一个月赚两三万，有个小房子，有个车，有个好家庭"，这被大众认为是发嗲。但马首富有他自己的逻辑，说："钱在100万的时候是你的钱。超过一两千万，麻烦就来了，你要考虑增值。超过一两个亿的时候，麻烦就大了。超过十个亿，这是社会对你的信任，人家让你帮他管钱而已，你千万不要以为这是你的。"

石崇当年要是听到了马云的这番话，怕就不会死了吧？

江东 CEO 的 "怪诞行为学"

原本无人问津的黑珍珠，怎么才能把它变成价值连城的稀世珍宝呢?

第二次世界大战结束后，意大利传奇珠宝商人萨尔瓦多就面临着这样一个看似不可能完成的难题。在此之前，白珍珠已经风靡欧美，他的白珍珠交易做得风生水起，成为声名大噪的 "珍珠王"。1973 年的一天，萨尔瓦多偶然发现了黑珍珠，于是他把黑珍珠拿去贩卖，结果不出意料地失败了。当时人们并不认可这些灰不溜秋的黑珍珠，更不知其价值几何，根本没人愿意买。

怎么办? 萨尔瓦多并没有放弃，也没有把它们低价卖给折扣商店，而是天才般地进行了一系列包装营销。比如，将黑珍珠放到巴黎第五大道的奢华橱窗里，和钻石、红宝石等昂贵珠宝摆在一起，标上令人难以置信的高价；在数家影响力广泛、印刷华丽的杂志上，连续刊登黑珍珠的大幅广告；花钱请当红的电影明星佩戴黑珍珠饰品，光彩照人地走在大街上……于是，不久前还"养在深闺人未识"的黑珍珠，很快就摇身一变，成为人们竞相追捧的稀世珍宝。自然，萨尔瓦多赚得是盆满钵满。

这是美国社会经济学家丹·艾瑞里在他的《怪诞行为学》中讲述的一个经典案例。如果当初萨尔瓦多将黑珍珠低价卖出，或者只是将其作为白珍珠的陪衬饰品卖出，那么人们对黑珍珠的印象也就与"低价"以及"白珍珠的陪衬"绑在了一起。当黑珍珠在美国第五大道的橱窗里，被钻石、红宝石、绿宝石衬托得熠熠生辉，黑珍珠的价格便与"昂贵、稀有"绑定在一起，成为稀世珍宝。换言之，黑珍珠的价格并非来自人们对其价值的理性判断，而是来自一种"可预测的非理性"。丹·艾瑞里将经济生活中类似这种非理性现象统称为"怪诞行为学"。

丹·艾瑞里的这本《怪诞行为学》在美国出版后就畅销至今，并被多位诺贝尔经济学奖得主大力推荐。自然，他们都认为这是 21 世纪了不起的智慧发现。然而，可能会让他们惊掉下巴的是，在 1 700 年前的东晋，中兴名臣王导早已深谐"怪诞行为学"，并且成功操盘了好几个"黑珍珠"项目。

王导慧眼识珠，他挖到的第一大"黑珍珠"就是青年时代的琅玡王司马睿，并一步步把这颗"黑珍珠"炒作到价值连城——他帮司马睿在江南建起东晋政权，使晋朝在西晋灭亡后还继续存活了103年之久。

为什么说司马睿是颗"黑珍珠"呢？因为他虽然姓司马，也号为琅玡王，但在司马氏皇室宗亲中，实在是太不起眼了。在那个特别重视血统传承的封建王朝，让我们先来将一将司马睿的血统。往上数四代，司马睿的曾祖父是司马懿，祖父司马伷是司马懿第五子，父亲是司马觐，到司马睿这儿虽然还算皇族宗亲，但已经是比较疏远的旁支了。按照古代动辄生十个八个儿子来算，如果像西方一样排顺位继承人，司马睿怎么也要排到好几十名开外，正常情况下继承皇位的可能性基本为零。就像沙特有几千个王子，旁支远亲的王子也就不值钱了。所以西晋末年"八王之乱"，诸王争位打得天昏地暗、你死我活，但压根没司马睿什么事儿，他基本就是哪儿凉快哪儿待着去，根本不敢痴心妄想有称帝的念头。

更何况，《魏书》还煞有介事记载一则八卦，说司马睿其实是他老妈夏侯光姬与一名姓牛的小厮通奸所生。这下连司马的姓氏都靠不住了。不过八卦存疑，且无法考证，这里按下不表。

总之，当时司马睿就是这么一颗"黑珍珠"，灰不溜秋，毫不起眼。他最终能开创东晋，一方面是"八王之乱"成就的乱世机遇，更重要的则是仰赖东晋CEO王导极具智慧的筹划运作。

王导出身于中原最为显赫的名门大族——山东琅琊王氏，祖父、叔伯、兄弟中多人都是朝廷高官，叔祖父王祥官至太保，族兄王衍位列三公，王导自己也是"少有风鉴，识量清远"。他14岁时，陈留高士张公见到他就说，"此儿容貌志气，将相之器也"。琅琊王氏世居琅琊，正是司马睿的封地所在。王导与司马睿同龄（都出生于276年），少年时就"素相亲善"。他们的青少年，正逢长达16年的"八王之乱"（291—306）。当时晋宗室相互杀得血流成河，几十个西晋宗室诸王被杀，塞外众多游牧民族趁乱入侵、趁火打劫。中原乱得一塌糊涂，人民十室九空，西晋国力消耗殆尽，名存实亡。就在这乱世之中，极具韬略的王导为司马睿定下了南渡的战略大方向——其意义不亚于诸葛亮为刘皇叔定下了三分天下的大计。司马睿遇到了王导，就像刘备遇到诸葛亮，曹操遇到了荀彧，或者说，是曹丕遇到了司马懿……

这里说句题外话，中国封建王朝之后出现两次南渡：一次是金人入侵，宋室南渡建立南宋；一次清人入关，明人南渡。都是遵循一样的思路：依靠长江天险为屏障，防御外寇，偏安江南。而晋室南渡实际上最早建立了这个"函数模型"，从这儿也可以看出王导还是颇具开创性战略思维的。

战略大方向定下来了，接下来就是怎么实施运作了。他们碰到的第一个难题是，怎么名正言顺地下江东？琅玡王氏不是乱臣贼子，司马睿也不想担上"谋反"的恶名，于是，王导就进行了好一番政治斡旋运作：通过司马越的裴妃、自己的族兄王衍各种游说吹风，让当时掌权的东海王司马越诏令司马睿任扬州都督，镇守建邺（今南京）。这是一封左右历史进程的诏书，有了它，西晋集团江东子公司算是经董事会正式批准"立项"了，司马睿与王导终于可以名正言顺下江东了。

公元 307 年，司马睿带着幕僚团正式南渡，定居建邺。可他们很快就遇到了第二个异常严峻的难题——江南虽好，居大不易啊！此前不久，右将军陈敏也想趁晋廷衰乱而割据江南，可起事没多久就因为江东豪强大族拒不合作而兵败身死。江南不好混啊！

江南原属东吴，世家大族、地方豪强众多，外来户司马睿资历名望浅，江南豪族有眼不识这颗"黑珍珠"，根本不买账。司马睿都到江南一个多月了，吴人不归附，压根没有一个江东士大夫登门拜访。王导为了笼络江东士族，主动提出想跟江东陆氏结为儿女亲家，也是热脸贴上冷屁股，被陆玩当场拒绝，还出言奚落。

怎么帮司马睿在江东站稳脚跟呢？《晋书·王导传》记载：公元308年三月上巳节，王导借司马睿参加禊祭（古人在江边举办的祈福消灾仪式）的机会，安排了一场超级大秀。他让司马睿乘"乘肩舆，具威仪"，排场做得盛大无比，他自己和他的族兄王敦（当时是朝廷重臣）以及一大帮中原大名士都随从伺候。江东名士纪瞻、顾荣等一看这排场声势，无不惊惧，立刻对司马睿刮目相看，赶紧在路边下拜行礼。

这在"怪诞行为学"中可以被称为"锚定效应"。萨尔瓦多从一开始就把他的黑珍珠与世界上最贵重的宝石"锚定"在一起，标上天价，此后他的价格就一直紧跟宝石。王导从一开始就将司马睿的身价抬得尊崇无比，此后江东士族便也被这个最初印象"锚定"了。王导把他的"怪诞行为学"运用得可谓淋漓尽致。

紧接着，王导趁热打铁，说服司马睿收拢人心。他亲自登门去拜访江东最负名望的贺循、顾荣，二人都应召而至。由此吴地之人望风顺附，百姓归心。司马睿终于成功地在江东站稳脚跟了，"自此以后，渐相崇奉，君臣之礼始定"。几年后，北方的洛阳、长安相继被胡人攻陷，皇帝被俘被杀，西晋历经四帝51年后宣告灭亡。在多年战乱中，司马氏的宗室藩王被屠杀得成了稀缺资源，此时身为江南霸主的司马睿，在演足群臣苦苦劝进等戏码之后，水到渠成登基称帝，创立东晋王朝。

西晋母公司破产了，东晋子公司整体上市。司马睿是东晋集团董事长兼法人代表，王导则是联合创始人、大股东兼CEO。事实上，自司马睿南渡到在江东站稳脚跟，再到稳定局势、向西扩张，这一系列战略布局，无不是王导精心筹划、步步推进。也为此，晋元帝司马睿即位受百官朝贺时，再三请王导同坐御床受贺，王导再三辞让才作罢。世人皆说"王与马，共天下"，可见王导地位之尊。司马睿经常说王导是"朕之萧何"，温峤也把王导比作管仲，朝野也都对他十分倾心，号其为"仲父"。

至此，王导终于把司马睿这颗"黑珍珠"，通过一系列策划、包装、炒作、营销，变为皇冠上举世无双的明珠。后来，他又在另一件事上将他的"怪诞行为学"小试牛刀，同样大获成功。事情是这样的：有一年，东晋财政入不敷出，国库眼看就要见底，只剩下几千匹粗布了，可这些粗布根本不值

[明] 佚名《渊明倚松图》

几个钱。王导心生一计。他拿出几匹布，裁剪成风格独特的单衣分发给同僚。随后一连好几天，王导和这些大名士、朝廷高官频频穿着这些粗布单衣招摇过市。这些"时尚大V"的示范效应就好比好莱坞明星戴上了黑珍珠，一时间，江东人无不跟风效仿求同款，粗布单衣成了热销"爆款"，粗布价格由此飙升，最后竟然涨到每匹一两黄金。国库中几千匹粗布全部以高价售出，财政危机得以解决。

王导的确深谙商业法则，放到现在也必定是个极其出色的CEO。不过，身为江东首席重臣，王导当然也不止这"一招鲜"。他后来长期执政，为东晋百年基业奠定了基础，其执政生涯中也不乏各种"怪诞行为学"。

比如当时全国都以说洛阳话为荣，但身为天下第一大名士的王导竟学说吴语，甚至胡语。某日，徐州名士刘惔去拜访王导。当时正值酷暑，王导正裸着上身把肚皮贴在石棋盘上纳凉，抬头见刘惔走进来，嬉皮笑脸说了一句："何乃渹！"这是一句纯正的吴语，意思是好凉快啊，这滑稽模样令刘惔哑然失笑。刘惔出去后，别人问他王导怎么样，刘惔答道："别的不清楚，我就听到他一个劲儿地跟我讲吴语。"这一下子拉近了他与江东人的关系。"永嘉之乱"后，北方士族大量南迁，跟江东人不可避免产生不少矛盾，身为丞相的王导为了照顾江东人的面子，平复他们的情绪，可谓花尽了心思。

还有一次，王导宴请数百宾客，宴席上大家都兴高采烈，王导却发现一位临海来的宾客和几个胡人落落寡欢。在如此人多的场合，如众星捧月般的王导分身乏术，忽视一两个人是情理之中的事，但王导没有这样做。他走到临海客人跟前说："您一出来，临海可就没人了。"丞相如此抬举，临海客人很高兴。王导又走到胡人跟前，用他们信仰的宗教礼仪弹着手指打招呼说：兰阇！兰阇！胡人也都笑了起来。同时接待数百人而不冷落一人，王导的情商之高令人叹服。

而怪诞的是，情商如此高的他，也会当面驳斥众人。《世说新语》中记，有一次南渡的江北士人在新亭饮宴，周颛中坐而叹道："风景跟往昔一样，江山却换了主人。"大家都相视流泪。只有王导愀然变色，豪迈说道："当共勠力王室，克复神州，何至作楚囚相对？"

又比如当丞相都以明察秋毫、洞若观火为荣，王导却经常故意犯糊涂。王导曾派遣下属巡察扬州各地政务，下属回来后向王导一一禀报，唯独顾和一言不发。王导问其何故，顾和板着脸答道："我觉得你应该推行网漏吞舟的政策，而不是去苛察那些细枝末节的事。"顾和是江东名士代表，为江东士族利益考虑，自然不希望政策太严。这话点醒了王导，此后毕生执政皆奉行网漏吞舟。到了晚年他更是完全不料理政务，只是签字画押。他自己也感叹道："人言我愦愦，后人当思此愦愦。"意思是，人们都说我糊涂，后人会怀念我这种糊涂的。执政一味宽纵，自然不值得推崇，却为当时东晋草创之初调和矛盾、稳定政权所必需。

王导为江北南渡的士人、百姓创立"侨寄法"，也是出于稳定江东这一考虑。为此后世也有史家形容说，王导毕生只做过一件事，那就是竭尽全力协调江北士族和江东士族的关系。清代史学名家王鸣盛甚至这么评价王导"看似煌煌一代名臣，其实万并无一事，徒有门阀显荣，子孙官秩而已"，说王导之所以骄人者，不过是其显赫的门阀。这话显然低估了王导理政的历史意义。王导毕生所为主观上或许是为晋室效忠，或许是为家族利益，但其客观上却以江东的稳定保存并延续了中原文明，避免了神州全部陆沉、文明断绝。有晋墓砖上刻民谣曰："永嘉世，天下灾。但江南，皆康平。永嘉世，九州空。余吴土，盛且丰。永嘉世，九州荒。余广州，平且康。"陈寅恪就曾专门写文章为王导正名："王导之笼络江东士族，统一内部，结合南人、北人两种实力，以抵抗外侮，民族因得以独立，文化因得以续延，不谓之民族之功臣，似非平情之论也。"

在 800 年后的南宋，李清照写下"南渡衣冠少王导，北来消息欠刘琨"的诗句，悲叹国破之际，没有刘琨一样的热血将领戮力北伐、保家卫国，也没有王导一样的贤臣能够力挽狂澜、维护稳定。同样面临外族入侵偏居江南，设身处地追思怀想，李清照或许能更深切体会到王导"怪诞行为学"里五味杂陈的历史况味。

枭雄桓温的文学人生

　　鲁迅先生有句名言："其实即使是天才，在生下来的时候的第一声啼哭，也和平常的儿童一样，决不会就是一首好诗。"这当然是不错的。而在东晋，有人生下来的一声啼哭，虽不是一首诗，却是一个成语。

　　这个人，就是桓温。

　　桓温出生于永嘉六年（312），祖籍是豫州谯国龙亢，跟曹操算是同乡。桓温之父桓彝名列"江左八达"，也是个名人。桓温出生后一个月，名士温峤来到桓家。温峤"素有知人之称"，桓彝就让他相一相这桓家长子。温峤一见襁褓中的桓温，赞赏不已："此儿有奇骨，可试使啼。"这孩子骨骼清奇，大非寻常，来，哭几声给我听听。桓温一哭，温峤更为惊叹："真英物也"，绝对是个杰出人物啊。桓彝大喜过望，立即为这孩子取名为"温",以纪念这一预言。温峤礼尚往来,表示愧不敢当:"果尔,后将易吾姓也。"这孩子将来说不定要做皇帝的,到那时,我就得避讳,不能姓温了——这奉承话说得多风趣多到位。

于是,桓温这一声啼哭,创造了一个成语:"初试啼声",还附带着送了一个新词"英物"。

桓温有此不俗的起点,此后再接再厉,创造了一个又一个的成语和典故,比如"倚马可待""我见犹怜""树犹如此人何以堪""肝肠寸断""入幕之宾""青州从事""平原督邮",等等,更有一句流传千古的名言:"既不能流芳后世,亦不足复遗臭万载邪"。桓温一生之多姿多彩,由此可见。

桓温此人,生来就是特立独行,就连长相也是与众不同。他名列《世说新语·容止》篇,无疑是当世美男子。但与当时流行的阴柔之美不同,桓温长得粗犷英武。《晋书·桓温传》说桓温"豪爽有风概","姿貌甚伟"。而大名士刘惔说得更传神,说桓温"鬓如反猬皮,眉如紫石棱",鬓须浓密,根根挺直,眉骨突出,霸气十足,充满了阳刚之气,是孙权、司马懿一类的人物,也就是有着英雄的气质。

桓温的一生,也确实没有辜负这分长相与气质。他15岁时,父亲桓彝被杀,桓温枕戈泣血立誓报仇。三年后,仇家办丧事，他怀揣利刃，假装吊客混入丧庐，孤身涉险，当场手刃仇家三子，名扬天下。此后桓温成为东晋政坛一颗炙手可热的明星。33 岁时镇荆州，都督西部六州之地。35 岁时溯江而上，攻灭成汉，收复益州。41 岁时击败政敌殷浩，独揽朝政。此后，桓温三次北伐，一伐前秦，军至灞上；二伐姚襄，克复洛阳；三伐前燕，功败垂成。59 岁时，桓温废皇帝司马奕为海西公，立司马昱为帝，成为事实上的一国之主。可惜天不假年，当桓温准备受九锡、正式登上皇位时，一病不起，在 62 岁时死去。

桓温究竟是流芳百世还是遗臭万年，这千余年来一直是公说公有理，婆说婆有理。但如果用一代枭雄来形容桓温，应该是最为恰当的，而这样一个充满着野心与野性的权臣，竟同时还是一个颇有情怀的"文学中年"，这就有点令人惊异，很值得一说了。

桓温一生，著述甚丰。《隋书·经籍志》载："晋大司马十一卷"，并另附"梁有四十三卷，又有《桓温要集》二十卷，录一卷"，"桓宣武碑十卷"，这些现在当然是看不到了，但总算留下了吉光片羽。如他的散文，《全晋文》就收录了23 篇，其中一篇《荐谯元彦表》还被昭明太子萧统收入了《文选》。要知道，《文选》的标准是"事出于沉思，义归乎翰藻"，没点思想没点文采那是不行的。桓温的诗歌现在也都看不到了，但钟嵘的文学批评名著《诗品·序》有句话："永嘉时，贵黄老，稍尚虚谈。于时篇什，理过其辞，淡乎寡味。爱及江表，微波尚传，孙绰、许询、桓、庾诸公诗，皆平典似《道德论》，建安风力尽矣。"这里的"桓"，就是指桓温。不要说这是钟嵘在批评桓温的诗写得缺乏诗意，那是在跟"建安风骨"相比，这就像在说"秦皇汉武，略输文采；唐宗宋祖，稍逊风骚"一样。能在《诗品》中提到名字，绝对就是有影响力的诗人了。一个总想着取晋室而代之的枭雄，竟还留下了几十卷的诗文，真不知他什么时候写出来的。

桓温书也读得多，而且还能活学活用。一次，他和司马昱一同上朝。那时司马昱还不是简文帝，只是以会稽王的身份任抚军大将军、录尚书六条事，与大司马桓温同为辅政大臣。两人到了门口，一个说，您先请，一个说，还是您先请。彼此推让了一番，最后还是桓温走在了前面。桓温就笑着吟诵了一句《诗经·伯兮》："伯也执殳，为王前驱"（男子汉手执长枪，为君王做先锋）。司马昱自然礼尚往来，也是一句《诗经·泮水》："无小无大，从公于迈"（无论大人小孩，都跟着君王一起出游）。这两人：一个说我走在前面，是为您开道；一个说我走在后面，那是跟随着您。其实都是恭维对方，但一引用《诗经》，就立马显得既风雅又幽默，这就叫"不学《诗》，无以言"。比起"您是领导您在前头"的恭维话，那真是不知高明到哪里去了。能有这份急智，可见桓温的《诗经》是背得烂熟的。

桓温的日常，不是与朝臣、皇帝勾心斗角，就是在战场上攻城略地，但在其内心，却始终有着一份文学情怀。桓温一日生病，谢安前去看望。当谢安缓缓走入东门，桓温远远望见，叹道："吾门中久不见如此人！"还有一次，桓温路过东晋大将军王敦之墓，凝望良久，连声说"可儿、可儿"。此情此景，让人心动。这样的真情袒露，真可谓是"惟大英雄能本色"了。而更为感人的，是他"木犹如此，人何以堪"的慨叹。这是永和十二年（356）元月，桓温第二次北伐时，路过金城。桓温年轻时，曾任琅琊太守，在这里种了一批柳树。光阴荏苒，当年的柳树现在"皆已十围"。桓温抚今追昔，百感交集，说："木犹如此，人何以堪？"禁不住泫然泪下。世上的一切都没有时间来得珍贵。韶华易老，壮志难酬。桓温的这句感慨，把一个英雄的敏感与多情，执着与悲怆，淋漓尽致地表达出来。这一句感慨在当时就为人们所传诵，到北朝的庾信已把它作为典故写入了名作《枯树赋》："昔年种柳，依依汉南。今看摇落，凄怆江潭。树犹如此，人何以堪。"可以说，单凭这一句，桓温就可以在文学史上留下一笔了。

有着如此高的文学才能，桓温的身边自然聚集了一批文学之士。事实上，"桓温文学集团"是两晋文学史上一个很值得注意的现象。唐余知古的《渚宫旧事》称："（桓）温在镇三十年，参佐习凿齿、袁宏、谢安、王坦之、孙盛、孟嘉、王珣、罗友、郗超、伏滔、谢奕、顾恺之、王子猷、谢玄、罗含、范汪、郝隆、车胤、韩康等，皆海内奇士，伏其知人。"这些人都是桓温的下属或幕僚。除了大名鼎鼎的画家顾恺之，书法家王徽之（子猷）、王珣，史学家习凿齿，以及谢安、谢奕、谢玄三叔侄外，还有几个可能现在说来名气不大，但在当时绝对是一流的文人学者，如郝隆，就是《世说新语》中那个"坦腹晒书"的大名士，嘲笑谢安"处则为远志，出则为小草"的也是此人。如车胤，就是少年时抓萤火虫以照明读书的那个著名学者，《三字经》中"如囊萤"说的就是他。

桓温与这批文人学士一起，时常搞一些文学沙龙、诗歌派对之类的活动。《世说新语·豪爽》："桓宣武平蜀，集参僚置酒于李势殿，巴、蜀缙绅莫不来萃。桓既素有雄情爽气，加尔日音调英发，叙古今成败由人，存亡系才，其状磊落，一坐叹赏。"这有点类似于文人雅集。桓温在出游时，总喜欢带上几个文人，吟诗作赋。《世说新语·轻诋》："桓公每游燕，辄命袁（宏）、伏（滔）"，这就有点像今天的采风活动。桓温镇守荆州时，把江陵新旧两城合二为一，整治一新，心下十分得意。一日，与众幕僚到汉江渡口处远眺江陵，说："谁给这座城下个评语，说得好的，有奖。"顾恺之当时恰好在座，脱口而出："遥望层楼，丹楼如霞。"大画家的审美眼光一流，文学水平也高，桓温闻之大喜，当即赏给了顾恺之两个婢女。两句话八个字，就换来两名美婢，这估计是史上最美艳的形象广告了。

那个擅说怪话的郝隆，在桓温手下做了一个南蛮参军。三月三日上巳节，在魏晋时是一个重要节日，公卿大臣、文人雅士们临水宴饮，曲水流觞。就是把酒觞置于流水之上，顺流漂下，停在谁面前，谁就要将杯中酒一饮而下，并赋诗一首。这郝隆不能作诗，被罚酒三杯。饮酒后，他倒是拿起笔来，作了一句："蚨隅跃清池"。桓温不禁问，这"蚨隅"是什么东西？郝隆说，南蛮称鱼为蚨隅。桓温说，作诗就作诗，为何要夹杂一句蛮语？郝隆等的就是这一问，马上说："我千里迢迢来投奔你，却只做了一个蛮府参军，怎么能不说蛮语呢？"郝隆敢当面发牢骚，可见文会的气氛是很轻松的。

在这样轻松的聚会上，桓温和部下甚至还会搞一些恶作剧。孟嘉是桓温幕府中的参军，他的另一个身份是大诗人陶渊明的外公。一年重阳节，桓温与幕僚们同游龙山，饮酒作诗。孟嘉乐极忘形，连帽子被风吹走了也没发觉。桓温见了，却故意不让旁人告诉他。等到孟嘉离座如厕，才让人把帽子还给孟嘉。或许桓温觉得这事太有意思了，就让另一个文人孙盛当场作文，拿孟嘉"开涮"；孟嘉自然也不放过这个展示才华的机会，当场反唇相讥。两人你来我往，十分精彩，满座赞叹。说起这孟嘉，酒量酒风俱佳，桓温曾向他请教："酒到底有什么好？你那样爱喝？"孟嘉一句话把桓温噎了回去："明公未得酒中趣尔！"那是你不知酒的妙处。桓温又向孟嘉请教，为何喜听音乐："丝不如竹，竹不如肉"，弦乐不如管乐，管乐不如人唱？孟嘉又是四个字："渐近自然。"可见桓温与文人们关系之融洽。

袁宏是东晋的著名文学家，号称"文章绝美"，在桓温麾下担任记室。《晋书·袁宏传》说"（桓）温重其文笔，专综书记"，大概相当于文字秘书吧。桓温对袁宏的狂放很是反感，曾警告他说，要像宰"刘表之牛"一样杀了他。但对袁宏的文才，桓温却是真心爱惜的。《晋书》和《世说新语》记载了几则桓温与袁宏的故事。袁宏作了一篇《东征赋》。说

"东征"，其实是说晋帝"永嘉之乱"后迁往东南，却美其名曰"征"。文中列举了当时追随晋帝过江的诸名流，却单单没有提及桓温的父亲桓彝。同事们觉得很不妥当，袁宏却是笑而不语。桓温听说后甚是不忿，碍着袁宏"一时文宗"的大名，却也不好当面质问。一次游山玩水后，桓温特意把袁宏叫到自己的车上，行了数里，终于憋不住了：听说你作的《东征赋》，称颂先贤，为何不及家君？袁宏说，您父亲这样重要的人物，我哪敢擅自下笔？其实已经想好了，只是没经您同意，不敢公之于众。桓温怀疑他在搪塞，当下说，那你准备怎么写？袁宏脱口而出："风鉴散朗，或搜或引；身虽可亡，道不可陨；宣城之节，信义为允也。"这几句颂词一下打动了桓温，热泪盈眶，感动良久。袁宏最出风头的一次，是在随桓温北伐途中。一日，军中急需草拟檄文。桓温想来想去，只有袁宏最为合适，就把因犯错而被免职的袁宏叫来，令他当场起草。袁宏靠在马前，文不加点，不一会就洋洋洒洒写了七页纸，文辞丰赡，极为可观。"倚马可待"这个成语就是这么来的。可能也是在北伐途中吧，桓温令袁宏作一篇《北征赋》，写好后，让大家一起品评欣赏。时为桓温主簿的书法家王珣说："好是好，只是还少了一句。若能以'写'字韵结尾会更好。"袁宏二话没说，一挥而就："感不绝于余心，

丙辰東山琯歷中庚子重坐傾
監群姓運伴勿縱美鎗勝枢逗
塵後人
志諸而晨春七十言遺往道人
春和齊識詩

[明] 郭诩《东山携妓图》

溯流风而独写。"对此捷才，桓温大为佩服，说"若论作赋，当世不能不推袁彦伯"。

其实不独文学，桓温对当时流行的玄学也很在行。《世说新语·文学》中就有数条有关桓温的记载（《世说新语》中的"文学"，文即文学，学即玄学）。而《世说新语·品藻》一则更有意思，说桓温一次问名士刘惔："听说最近会稽王司马昱在清谈上大有进境，真的假的?"刘惔说："进步是极大，不过，终究还是第二流中的人物。"桓温说："那第一流又是哪些啊?"刘惔大笑："正是我们这样的人啊。"刘惔的"正是我辈耳"或有奉承之嫌，但桓温玄学水平不差，则是可以肯定的。桓温的书法也不错，尤擅行草，"字势遒劲，有王、谢之余韵，亦英伟之气形之于心画也"。桓温如此文武双全，《晋书》对他"挺雄豪之逸气，韫文武之奇才"的评语，当非溢美。

其实，依桓温之志向，其志必不在文学；以桓温之经历，其力也不可能致于文学。他招揽文士、组织文会、参与清谈，其目的，也还是在于提升自己在士林中的声望，得到士族们的认可。文学上的成就，于桓温实在是可有可无的余事。但纵是如此，桓温偶一发声，便足于震古烁今。如"木犹如此，人何以堪"，如"既不能流芳后世，不足复遗臭万载"，这样回肠荡气惊心动魄的话，绝不是如袁宏这样以辞章之美为能事的文人所能写得出来的。必定得有世间第一流的胸襟、世间第一流的见识，做出了世间第一流的事业，才会有如此深沉的感喟。从这点上讲，文学从来就不全是文学家的文学。事实上，流传千古的警句名言，往往不是由纯粹的文人学士说的写的，而多数是来自大政治家、大军事家，所谓"绝妙好词，文人才人，亦未必能作，是英雄有情人乃能之"（明出版家余象斗评《水浒传》语）。而桓温，正是这样的一个"英雄有情人"。

王羲之及书法与药及鹅之关系

一看便知，这题目，抄的是鲁迅先生的《魏晋风度及文章与药及酒之关系》，倒不敢拉大旗作虎皮，无非是借此向先生致个敬而已。

王羲之，不用多说，中国最伟大的书法家，没有之一。王羲之的书法，也不用多说，《兰亭集序》是中国最伟大的书法作品，或许可以加上之一。这里所说的药，倒是跟鲁迅先生名篇中说的是一个玩意儿：五石散。五石散现在的名声并不大好，似乎与鸦片、大麻、摇头丸同属一类的东西，但在当时，吃五石散绝对比喝咖啡抽雪茄还要有范儿。五石散是一种药，但其效用，绝不是一个"药"字所能涵盖的。它代表着身份、家世、风度、精神修养以及对这个世界的看法，在当时的士大夫中风靡一时。走在路上，你要不作出一副

"石发"的神情，见了人都不好意思打招呼。

王羲之是当时的精英人物，吃五石散自然少不了他。而且，王羲之还会自己配制五石散，就是根据自己的需要调整各种药物的成分，这可能跟他是一个道教徒有关，《晋书·王羲之传》就说"王氏世事张氏五斗米道"。那个时候的道士，往往会上山采药，并能配制草药。王羲之跟一个叫许迈的著名道士是好朋友。他与许迈"共修服食，采药石不远千里，遍游东中诸郡，穷诸名山，泛沧海"，叹曰："我卒当以乐死。"王羲之显然对这样的生活乐此不疲、沉浸其中，竟然说，我早晚会这样快乐地死去。顺便说一句，南朝人的姓名中，带个"之"的特别多，像刘穆之、刘牢之、裴松之、颜延之、祖冲之、陈庆之、陈伯之等等，王羲之的儿子们叫玄之、凝之、徽之、操之、献之，王徽之的儿子叫桢之，王献之的儿子叫静之，从爷爷到孙子，一大家子"之之不休"，后人读史时一不小心会以为是兄弟辈。据说，名字带"之"字者，常表示此人是天师道教徒。这么说来，王羲之一家子都可能是道教徒，这也多少可以解释他们为什么对服食五石散会如此的热衷。

王羲之的法帖，最有名的当属《兰亭集序》，而最能体现他性情的，是与朋友亲戚之间的书札。有许多类似于现在的便条，比如与亲戚说说家事，比如天气冷了问候一声朋友，比如朋友送来好吃的表示感谢，写得率性而随意，却又尽显风流。翻翻这些手札，就会发现，里面有不少讲到了服食药石——当然就是五石散。

王羲之是到了晚年才开始服用五石散的。当时大学者葛洪，一边著述《抱朴子》，一边潜心研究五石散的配方，收录在了《抱朴子》的"金丹"和"黄白"篇中。他把五石散配方带给老朋友许迈，王羲之和许迈就开始服用葛洪的五石散方子。葛洪是当时天下闻名的炼丹家，王羲之在服用的时候，想必也是充满了信心，以为可以延年益寿，向天再借500年。

翻看王羲之的手札，我们已无法判断这些手札写作的具体时间，其中一部分是与亲友交流服食五石散的心得的。大概在刚开始服食时，感觉尚好，到了后来，却都是诉说服药之痛的。一个当年"坦腹东床"的风流才子，到了晚年，竟成天挣扎在莫名的痛苦之中，让人不胜唏嘘。

初服五石散，效果确实明显，王羲之也是如此。他对朋友说："服足下五色石膏散，身轻，行动如飞也"，言下颇有点自喜。又说："袁妹极得石散力"，这袁妹应该是王羲之的家人吧，也是很有效果。但渐渐地，王羲之开始怀疑起来了，"追恨近日，不得本善，散无已已"，"昨紫石散未佳，卿先羸甚羸甚", 自我感觉已是不大妙。朋友之间互相交流药效, 也是愁多喜少, "仁祖服石散一齐, 不觉佳, 酷羸, 至可忧"。"仁祖"就是跟他一起服食五石散的名士谢尚。谢尚是谢安的从兄, 也是一个著名书法家, 后来因服五石散, 不到50岁便病死了。王羲之在这一手札中说谢尚"酷羸, 至可忧", 已是病得十分厉害, 很是担心。王羲之的亲友也开始劝他停服, 如他的妻弟郗愔就多次劝他不要再服五石散。王羲之在与朋友的信中, 就说到"方回(即郗愔)近之未许吾此志"。"此志"就是指服用五石散。而在与郗愔的信中, 王羲之也说到了药效: "吾服食久, 犹为劣劣。大都比之年时, 为复可耳。足下保爱为上, 临书但有惆怅。"长期服用, 效果总是很差, 今年总还算差强人意, 但终究甚是失望。所以他要劝郗愔"保爱为上", 而自己则是"临书惆怅"。而在另一封信中, 王羲之更是直接怀疑说: "此(指服散)当何益?"但为时已晚矣。五石散就像所有的毒品一样, 一旦上瘾, 是再也无法回头了, 即使像王羲之这样古今第一的大书法家, 也难逃厄运。

于是, 王羲之在信札中, 开始向朋友诉说服食后的种种痛苦种种不堪, 也许只有在好友的信中, 他才会这样无所顾忌地直言。如果不是这些手札, 你根本不可能把一个辗转呻吟的病人与那个书写《兰亭集序》的书圣联系起来。手札书法的流丽洒脱，与内容的哀怨痛苦，形成了强烈的反差。无法想象一个全身肿痛的人，是如何写出如此漂亮的行草的。

王羲之说自己在服食后，"肠胃中一冷，不可如何"，很是担忧。又说自己"日弊"，一天不如一天。"便疾绵笃，了不欲食，转侧须人，忧怀深"。连转个身都要人扶持，可见身体之虚弱。又说："吾至今，目欲不复见字。"一个书法家，竟然连字都不想看，心身之痛已到了极点。

余嘉锡先生曾说："今就诸帖观之，不独右军父子兄弟及其亲戚交游之间，动辄石发，乃至妻女诸姑姊妹，亦无不服散者。可以觇当时之风气矣。"事实也确是如此。王羲之的夫人同时服食，也是备受煎熬。王羲之对朋友说："小妹亦故，进退不孤，得散力，烦不得食，疾患经月，兼燋劳，不可言迎集。""小妹"即王羲之的夫人郗氏，倘不是情况严重，他还不至于在与朋友的信中说到自己夫人的病情，其心情之沮丧可想而知。王羲之家人服用五石散，是有出土实物为佐证的。1965 年，在南京王羲之堂妹的墓中，出土了 200 粒丹药，经化验其成分为硫化汞。专家据此推测，王羲之家族对传统的五石散方剂进行了化裁，加入或同时服用了道教外丹术中的某些药物，如丹砂、礜石（王献之在手札就说过"礜石深是可疑事"，可见确实服用过）等。而这些药，对肝肾功能有极大的损害。

与父亲一起服食五石散的王献之，在其手札中，也说到了自己"石发"后的痛苦，甚至说得比王羲之更为直白。他说："仆近暴不佳，如恶气，当时极恶，事赖即退耳，故虚劣。"又说："患面疼肿，脚中更急痛，兼少下，甚驰情。"还说："忽动小行多，昼夜十三四起，所去多，又风不差，脚更肿。""极热。极闷闷。患脓不能溃，意甚无赖。"面肿、脚痛、流脓、面红耳赤、口气恶臭，这还是那个写出隽秀挺拔、顾盼生姿的"玉版十三行"的王子敬吗？

从"二王"的书札中，几乎人体上所有的痛，都说到了，脚痛、腰痛、胛痛、头痛、齿痛、腹痛、呕吐、泄泻、耳聋、眼花、失眠、乏力、胸闷、食积甚至疮疡肿毒等症状，全都提到了，简直可以作为"石发"效果的医学文献来看。"二王"手札本就不多，却有那么多的"痛"，真让人莫名惊诧又莫名感叹。

"石发"之下，自然要千方百计寻求解除痛苦的办法。王羲之本人对医道颇有心得，曾在书信中为朋友开药方，比如"以纯酒渍豉，令汁浓使饮，多少任意"，比如"鹰嘴爪灰入麝香煎酥，酒一盏服之"，可以去除瘢痕。是否有效自然是不得而知，但至少他对自己的医术是有点信心的。因此，在手札中，也可见王羲之、王献之向朋友求取药材的事。王献之曾让妻子服食"地黄汤"，生地黄清热凉血、养阴生津，主治阴虚内热、发斑发疹。王羲之向一个朋友求取"狼毒"。"狼毒"是主治水肿腹胀、心腹疼痛、症瘕积聚等症的。朋友益州刺史周抚给他送来了成都的特产㿷䴥、胡桃，还专门送来了戎盐。王羲之去信表示感谢，说"戎盐乃要也，是服食所须"。服用了五石散，必须要吃戎盐，因为戎盐可以治目痛、坚肌骨、除积聚、疗痛疮，所以在王羲之看来，比之㿷䴥、胡桃，自然"乃要也"。

这就要说到鹅了。王羲之与鹅，是流传极广的佳话，连《晋书·王羲之传》也一本正经地记载了。说是有孤老太，养了一只鹅，叫声十分好听。王羲之想买来却没有买到，就带了一帮朋友，跑到老太家里去看鹅。老太一听大名鼎鼎的王右军来了，就把鹅杀了来招待。如此不解风情，王羲之只能嗟叹不已。还有一个山阴道士，性好养鹅。王羲之前去观赏，十分喜爱，一定要道士卖给他。道士说，卖是不卖的，"你要是帮我抄一遍《道德经》，我就把这群鹅都送给你"。王羲之欣然从命，留下手书的《道德经》后，装着几笼鹅，得意而归。李白还专门写了一首诗咏其事："右军本清真，潇洒出风尘。山阴过羽客，爱此好鹅宾。扫素写道经，笔精妙入神。

[宋] 马远《王羲之玩鹅图》

书罢笼鹅去，何曾别主人。"杜甫也跟着写了一首："房相西亭鹅一群，眠沙泛浦白于云。凤凰池上应回首，为报笼随王右军。""写经换鹅"成了一个文化经典事件了。

王羲之为什么那么喜爱鹅呢？名士逸客爱鹤的很多，爱鹅的似乎还真只有王羲之一个，因为这鹅实在太平常了，显不出特立独行的品性。比较常见的解释是，王羲之是从鹅的宛转动静中，领悟书法的妙谛。如宋画家郭熙《画诀》就说："故说者谓王右军喜鹅，意在取其转项，如人之执笔转腕以结字。"而清包世臣《艺舟双楫》更说得煞有介事："其要在执笔，食指须高钩，大指加食指中指之间，使食指如鹅头昂曲者，中指内钩，小指贴无名指外距，如鹅之两掌拨水者。故右军爱鹅，玩其两掌行水之势也。"但我是颇为怀疑的。王羲之这样的书法大家，竟然连执笔也还要向鹅学，一学就是几十年，这也太儿戏了吧。

据记载，王羲之每次徙居，都要在门前凿上一池养鹅。我想，倘若是为了观察鹅的姿态，大可不必如此大费周章。大史学家陈寅恪先生就认为，王羲之养鹅，只是为了吃鹅，而吃鹅的目的，是为了解毒。这听起来觉得匪夷所思，陈寅恪先生却自有道理。他在《天师道与滨海地域之关系》一文说："依医家言，鹅之为物，有解五脏丹毒之功用，既于本草列为上品，则其重视可知。医家于道家古代原不可分，故山阴道士之养鹅，与右军之好鹅，其旨趣实相契合，非右军高逸，而道士鄙俗也。"原来，王羲之服食五石散，为了解除其毒性，就多吃鹅肉，事情就是这样的简单。当然，王羲之从鹅的曼妙姿态中领悟了执笔练书的要旨，那只能算是意外之喜了。书法写到了王羲之这样的境界，于天地万物皆可领悟，又何必执着于区区一只鹅呢？

王羲之服食五石散，着实是件让人唏嘘不已的事。有人说，或许是服食时那种迷醉恍惚或亢奋激扬的情绪，让王羲之在书写时找到了感觉，写出了境界。且不说服食五石散时，王羲之早已写出了《兰亭集序》这样的千古名作。就算真的在服食五石散中找到了书法的灵感，那也是得不偿失的。王羲之50多岁即已去世，王献之更是只活了42岁，这完全是五石散的戕害。看了他们的手札便知，没有人可以在这样的痛苦中安度余生。王羲之到晚年才开始跟着道士服食五石散，其意应该不在享受，而是为了延年益寿。然而，"服食求神仙，多为药所误"，睿智如王羲之，也还是勘不破这一点，结果走到了愿望的反面，真让人不知说什么才好了。

"三无"家庭教师谢安

东晋才女谢道韫，嫁给王羲之的儿子王凝之，这看起来绝对是门当户对、郎才女貌。但一次谢道韫回到娘家，跟叔父谢安说起王凝之，竟然是"大薄凝之"，"意大不悦"，很受委屈似的。谢安就安慰她说："王郎，逸少之子，人才亦不恶，汝何以恨乃尔?"他王凝之好歹也是王羲之的儿子啊，长得也不错，你怎么会这样地瞧不起? 谢道韫答道："一门叔父，则有阿大、中郎; 群从兄弟，则有封、胡、遏、末。不意天壤之中，乃有王郎!"你看看我们家里，叔父辈的有谢万（中郎）、谢尚（阿大），堂兄弟中则有谢韶、谢朗、谢玄、谢川（封、胡、遏、末是他们的小名），真想不到在天地之间，竟还有王凝之这样的窝囊废!

无从揣测谢道韫说这番话时的神情，或许真是心有不足，或许不过是撒上一回娇。但平心而论，此时的谢安一家，确实要比王羲之家更为鼎贵，俨然已是当朝第一家族。

说起来，陈郡谢氏在东晋初年还只是一个普通士族。谢安的父亲谢裒，曾为儿子谢石向琅玡诸葛氏求婚，竟被诸葛恢拒绝。谢安的弟弟谢万，甚至被阮籍的族弟阮裕看不起，称他是"新出门户，笃而无礼"，不过是一个暴发户罢了。陈郡谢氏的崛起，是从谢安一代开始的。谢安因其卓越的政治才能成为当朝丞相，谢尚、谢万、谢石、谢玄、谢琰等人也各领强兵遍布方镇，谢氏家族的人几乎垄断了东晋王朝的军政大权。尤其是"淝水之战"后，谢安晋庐陵郡公，谢石晋南康郡公，谢玄晋康乐县公，谢琰晋望蔡县公，一门四人同日封公，风头一时无二。更为难得的是，谢家子弟除活跃于政坛外，其文学人才也是在各大家族中最为出众的，从谢混、谢道韫、谢瞻到谢灵运、谢惠连、谢庄、谢超宗、谢朓，连绵不绝，都在文学史上占有一席之地。萧统《文选》中收录了南朝20位诗人的173首诗作，陈郡谢氏有五人71首，占人数的四分之一，诗作的五分之二，冠绝各大家族。

东晋时期，门阀政治成为突出的政治特征。但所谓的名门世族，并不仅仅是因为族中高官厚禄者众，更多的是因为有着其别具一格的家学和礼法。一个家族要保持并提高门第，不仅要在政坛上有所作为，而且同时必须在家风、家学上为世人称道。所以钱穆先生说："一个大门第，决非全赖于外在之权势与财力，而能保泰持盈达于数百年之久；更非清虚与奢汰，所能使闺门雍睦，子弟循谨，维持此门第于不衰。诗文艺术，皆有卓越之造诣；经史著述，亦粲然可观；品德高洁，堪称中国史上第一、第二流人物者，亦复多有。"(《国史大纲·变相的封建势力》) 同时，九品中正制所依据的门第，考虑的主要是"当代轩冕"，而不是"冢中枯骨"，亦即主要考虑父祖官爵，而非远祖。要成为高门士族，也不能一味"吃老本"，唯有将学与仕结合，重视家族教育，培养符合九品中正制品、学要求的人才，由"累世经学"而达"累世公卿"，家族才能走上"可持续发展"之路。

谢安显然很懂得这个道理。《晋书·谢玄传》中说，一次谢安把众子侄召到一起，说："子弟亦何豫人事，而正欲使其佳？"子侄们混得好不好，其实也不关谢安的事。为何他总想着怎样让众子侄更出色呢？大家不知这话是什么意思，都不敢接口，只有谢玄回答："譬如芝兰玉树，欲使其生于庭阶耳。""芝兰玉树"自然是指"佳子弟"，而"庭阶"也就是暗喻自己的家族。这谢玄是在表明自己的心志，愿为芝兰玉树，以光大谢氏门楣。而这也正是谢安所期待的回答，所以他为之"悦"。正是在谢安的培养下，谢氏一族绝佳子弟不断。从这点来说，谢安除政治家、军事家、名士的称号之外，可以当之无愧地再加上一个"教育家"的名号了。

说谢安是个教育家，可能要让现在的许多专家们不服气甚至不屑。因为这谢安本事虽大，却一无博士、硕士的文凭，二无英语六级、四级的证书，三无论文发表在专业尤其是核心的刊物上，连做个教师也是没资格的，岂能称为"教育家"？这自然是说笑话。但真要论起来，谢安教育子女的过人之处，也正在于"三无"上，可以称之为"三无"教育家。

第一个无，是无对错。谢安时常会叫住某个子侄，问上一个让人摸不着头脑的问题。譬如有一次他看子侄们都在，就问了一个问题："《毛诗》何句最佳?"《诗经》300篇，篇篇经典，怎么能说得出哪一句是"最佳"？谢安自然不是要给《诗经》名句排座次，他只是想从中考察子弟们的志趣和审美，这当然是不可能有个什么标准答案了。更过分的是，子侄们对他的问题给出了答案，他又不置可否，不说你是对是错。还有个著名的故事，说某冬日大雪，谢安把小辈们叫在一起，赏雪论文。一会儿雪越下越大，谢安兴致盎然，说，这白雪纷纷，拿什么来比拟呢。侄子谢朗应声而答："撒盐空中差可拟。"侄女谢道韫却表示异议说:"未若柳絮因风起。"谢安没有现场打分,只是"大笑乐"。这大笑而乐,既可以说是欣赏谢道韫的诗才,也可以说是称许谢朗直率的性格。当然,"博涉有逸才"的谢朗,以撒盐拟雪,其实也是一句好诗。但我觉得,谢安内心最高兴的,是子弟们这种互相切磋各展所长的气氛。以谢太傅的气度,才不会斤斤计较于一个比拟是否恰当呢。

谢安的考题,往往看似漫无边际,实则内含深意。有一次,他又问众子弟们,山涛是晋武帝司马炎最为欣赏的重臣,但每次给山涛的赏赐却比其他大臣们少得多,这是为什么?这个考题,看起来是一则琐事,但涉及面却很广,必须要对晋武帝和山涛的为人、性格有深入了解,对晋武帝、山涛和其他重臣之间的关系要心知肚明,对西晋的政治制度要了然于胸,还得精通人情世故、政治潜规则,这才能把晋武帝的心思揣摩透。而即使揣摩清了,怎么说出来也是艺术,你不能非议晋朝的开国皇帝,你不能把潜规则说得赤裸裸很难听。言辞得体,也是世家子弟的必修课。所以这一问,把这群当世最聪明的年轻人给问倒了,只有谢玄回答说:"当由欲者不多,而使与者忘少。"大概是山涛的恬淡寡欲,使晋武帝并不觉得少。这一回答,既说了山涛的廉洁自重,也说了晋武帝的宽宏仁厚。一句话，赞美了两个人。这不但是会说话，而且更体现了谢玄成熟圆融、八面玲珑的政治素质。谢玄在谢氏一族能取得仅次于谢安的成就，当不是偶然。《世说新语》把这一回答列在了"言语"篇，认为只是嘴皮子耍得好，实在是小瞧了谢玄。

第二个无，是无训斥。以谢安这样的见识、才情，天下能入他法眼的只怕也没几个，对小辈们批评甚至训斥几句，似乎也是稀松平常的事。但谢安的过人之处就在于，即使子侄们说错了做错了，他总是想办法让他们自己认识到错误，从不疾言厉色。一日谢安感慨地说，圣贤跟常人，其实相差也并不是太大（"贤圣去人，其间亦迩"）。子弟们听了，纷纷表示不敢苟同——由此也可见谢安教育气氛之轻松。谢安不跟他们辩论，也许他提出这个命题，本来就只是让子弟们去讨论。他只是轻轻说了句："若郗超闻此语，必不至河汉。"——"不至河汉"这个成语就是这么来的。谢安的意思，大概是要子弟们与当世名臣郗超对比一下，看看在见识气度上有什么差距。

"淝水之战"中大破前秦的谢玄，是东晋的一代名将，但他在年少时，也沾染了当时的奢靡风气，打扮得像女人一样，身上老是喜欢佩戴着一个紫罗香囊。谢安对谢玄是有着很大

127

的期许的。一个要成为国家栋梁的人，是不能这样女人气的，但又怕直接禁止会伤了谢玄的自尊心。一次在与谢玄博戏时，就以这个紫罗香囊为筹码，把它赢了过来，且一烧了之，从此谢玄也戒掉了佩带香囊的习惯。还是这个谢玄，后来性格倒变得"粗犷"起来了。夏天在家，竟然光着膀子睡觉。谢安老清早就来到谢玄住处考查其起居生活。谢玄一听谢安来到，来不及穿衣，光着脚就跑出来迎接，狼狈不堪。这自然有违高门大族的门风。谢安哈哈大笑"汝可谓前倨而后恭"，用苏秦当年讽刺其姐的一句话，在玩笑中委婉地批评了谢玄。

那个"撒盐空中差可拟"的谢朗，是谢安二哥谢据的大儿子。谢据33岁早死，谢朗就由谢安培养。谢据小时候，曾上屋去熏老鼠。家里的老鼠用火去烧，很可能是老鼠熏不着，屋子却要被烧了，所以《汉书》中就有"社鼷不灌，屋鼠不熏。何则？所托者然也"的说法。谢据这样做，自然是既淘气又无知，被人当作笑话来说。谢朗不知道这笑话的主角是已故的父亲，就老是说这个笑话不当回事。儿子笑话老子，这是一件很无礼也很丢脸的事，大失世家子弟的身份，谢安就是狠狠斥骂一顿也不为过。但谢安知道这是无心之过。一日当谢朗又说这笑话时，他就对谢朗说，这是外人嘲笑你父亲的，你怎么能跟着说呢？为了不使谢朗太尴尬，谢安还说，其实当年我也一起参加了这熏鼠傻事。谢朗一听，大为窘迫，把自己关在屋里，一个月也不出来见人。《世说新语》一般只说事不作评论的，但在这件事后，刘义庆忍不住感慨道："太傅虚托引己之过，以相开悟，可谓德教。"

第三个无，是无规则。就是说，谢安教育子弟，不拘一格，随时随地都可以开展他的"谢式教育"。玄学家支道林是他的老朋友，一日来到谢家。谢安大喜："客座教授"来了，立即把"善言玄理"的谢朗叫出来，让他与支道林讨论玄理。当时谢朗尚年幼，又刚刚病愈，几个回合下来，身心俱疲，有点吃不消了。其母王氏在隔壁听了着急，多次派仆人去叫谢朗，谢安却觉得谢朗说得很好，有意让支道林多磨炼他一会，不放谢朗回去。王氏只好亲自出来，说："我早年寡居，一辈子的寄托，只在这孩子身上。"谢安这才让谢朗回去。自然并非谢安不爱惜谢朗，只是他对子弟的教育太重视了。一日，王羲之的儿子王献之来拜访谢安，看到桓温的主簿习凿齿也在。按礼节王献之应和习凿齿同坐一榻。但王献之迟疑着不肯落座。王献之的意思，这习凿齿的门第比自己低了许多，与他同座有失自己身份。谢安见了，就把王献之引到自己的对面坐下。等两人走后，谢安就特意对谢朗说，子敬此人确实清高特立，不过这样的矜持拘泥，就显得做作了。王谢都是名门，谢安是以王献之为例，要谢朗他们既自重身份，又不可太过矫情，使人难堪。

其实，除了这三个"无"，谢安教育子弟还有一个大大的"无"，那就是"无教"。这倒不像上面所说的"三无"，是我替谢安总结的，这是谢安的夫人说的。《世说新语·德行》中记载，谢夫人一日苦口婆心地教育孩子，教完了儿子，顺便再教一教夫君："那得初不见君教儿？"你看我教得多辛苦，怎么从来就不见你教一教孩子？不管这是撒娇还是真有怨气，反正谢安不唠唠叨叨地教育孩子，这是坐实了的。但谢安的回答也很理直气壮"我常自教儿"，我是以我自己的言行来教育他们。谢安不是像唐僧一样"要""还要"地"强调""指出"，他自身的言行，就在时刻地教导着子弟们应该怎么做，这才是最好的教育。能为谢安"我常自教儿"作注脚的，是《晋书》中一个叫刘寔的话。刘寔字子真，他少年贫苦，靠卖牛衣为生。但他刻苦读书，奋发自砺，在魏文帝时为尚书郎，入晋后为大司农。但他的几个儿子却很不成器，贪污受贿，胡作非为，刘寔两次因儿子的犯罪而被免职。有人就说了，你一世高行，儿子们却全不像你，你怎么不好好教导，使他们知过而改呢？刘寔说："吾之所行，是所闻见，不相祖习，

[明] 沈周《临戴进谢安东山图》

岂复教诲之所得乎！"他的一言一行，他们难道没看见吗？看见了却不学习，这样的人岂是靠教诲能教好的？刘宴此言，不免有为自己开脱之嫌。但就教育论教育，身教重于言教，这是没有疑问的。谢家子弟那么出色，可能有谢夫人耳提面命的一份功劳，但最根本的，还在于有谢安这样一个榜样在，有谢家那么一种良好的家风家学在。

《荀子·劝学》"蓬生麻中，不扶而直，白沙在涅，与之俱黑"，这是说环境对人成长的重要性。事实上，如果对历史上的名人作个统计，就会明显地发现，人才的分布在时间和空间上是极不均衡的。人的智商，在时间或者地理上应该差别不大，不见得在唐朝，人一生下来就带个"诗歌基因"，也不见得江苏、浙江的人从娘胎里就会读四书五经。但在历史上唐朝出现的优秀诗人最多，江浙一带出的状元最多，却是不争的事实。从宏观上说，这里起决定作用的只能是环境——观念、政策、信仰、资源等等。明清时的江浙两省就是"王谢家族"，边远地区就是"平民百姓"。这里没有任何歧视的意思，只是说在明清时江浙人科场上的一枝独秀，乃是一件自然而然的事。再把范围缩小一点，在许多大家庭里，人才往往是接二连三地扎堆涌现。比如近代的曾国藩家族，从儿子曾纪泽、曾纪鸿到孙子曾广钧，一直到曾孙、玄孙辈，

"长盛不衰，代有人才"。比如梁启超家族，梁启超九个子女中，长女思顺，诗词研究专家；长子思成，著名建筑学家、中央研究院院士；次子思永，著名考古学家、中央研究院院士；三子思忠，美国西点军校毕业；次女思庄，北京大学图书馆副馆长、著名图书馆学家；四子思达，经济学家；三女思懿，著名社会活动家；四女思宁，早年就读南开大学，后奔赴新四军参加革命；五子思礼，火箭控制系统专家、中国科学院院士，"一门三院士，九子皆才俊"。比如江苏的钱氏家族，钱穆钱伟长叔侄、钱基博钱钟书父子、钱均夫钱学森父子、钱学榘钱永佑钱永健父子、钱玄同钱三强父子，都是如雷贯耳的人物。浙江海宁的查氏家族，清康熙年间创造了"一门十进士，叔侄五翰林"的科举神话，当代则有查济民、查良钊、查良铮（穆旦）、查良镛（金庸）等名人，还有查良鑑、查良钟、查良锭、查良镒、查良锜、查良镇、查良钿、查良铭、查良钰、查良铸、查良鏣，都是在各自领域的顶尖人物。这些家族的生物基因优秀，这是没有问题的，但更重要的，是家风的熏陶以及互相间的砥砺与影响。当一个家庭里有谢安这样一个当世最为卓越的家长，兄弟间是谢玄、谢朗这样的英才，姐妹间是谢道韫这样的才女，每天谈论的是《诗经》中哪句最好，圣贤与凡人有什么不同，整日熏陶在这样的家庭氛围中，怕是不优秀也很难了。现在看到有的家长一边兴致勃勃地打麻将，一边喋喋不休地教育孩子要好好读书，真不知是把自己当天才呢还是把孩子当天才？

权臣原是性情中人

　　说起东晋的人物，一般不大会提到郗超（字嘉宾），但他在穆帝、哀帝、海西公、简文帝这几朝，绝对是个当朝大佬。郗超做的官虽不是太大，也就是散骑侍郎、中书侍郎、司徒左长史这类"副手"，并且只活了42岁，但他在朝野上，完全是"一人之下、万人之上"。当然，这"一人"，不是说当朝皇帝海西公、简文帝，而是"大司马、都督中外诸军事"的桓温。海西公司马奕是被桓温废掉的，简文帝司马昱见了桓温几乎可用小心翼翼、战战兢兢来形容。而郗超，作为桓温的谋主，当桓温离开朝廷出镇姑孰时，他在朝廷就是桓温的化身，自是说一不二。即使是谢安这样名震天下的人物，一度在郗超面前也不得不低下高贵的头颅。

　　某日，谢安和王坦之（字文度）一同去求见郗超。郗超或许是真忙，或许是存心要杀杀谢、王两人的傲气，反正两人一直等到太阳落山，郗超还是没空。且不说谢安，这王坦之也是个名人，当时有个说法，叫做："大才槃槃谢家安，江东独步王文度，盛德日新郗嘉宾"。这王坦之是可以和谢安、郗超相提并论的人物，如何受得了这个鸟气，拂袖欲走。谢安劝说道：你就不能为了身家性命，稍忍片刻吗（"不能为性命忍俄顷"）？《世说新语》把这个故事放在了"雅量"篇，是说谢安能忍人之所不能忍。但由此也可见郗超之不可一世，连谢安的性命都操在他的手里。

谢安、王坦之尚且如此，那个皇帝就更不在话下了——这话听起来有点别扭，但简文帝司马昱确实比谢安不够分量。简文帝是桓温扶上去的傀儡皇帝，不过是桓温取代晋朝的一个过渡，他时时担忧着桓温哪天会把自己废了甚至杀了。简文帝登皇位后不久，"荧惑入太微"，就是火星进入了太微垣。太微位于北斗之南，古人视之为天子之庭，所以荧惑入太微的天象，被认为是帝位不保的征兆。简文帝大为惊恐，找到郗超，说，天命的长短，本不是皇帝所能筹划的，只是最近发生的那件事（指废海西公）不会再有吧？郗超安慰他说，现在桓大司马正在对外巩固边疆，对内安定国家，一定不会有这样的打算，臣下可以用全家百口性命为陛下担保。一个皇帝，竟要一个手下臣子担保自己的皇位，这皇帝活得是够窝囊的。而这郗超，也确实是牛气冲天了。

郗超和桓温可说是一见如故。桓温目空一切，但与郗超一番谈论，相见恨晚，深感郗超深不可测。而郗超也觉得遇到知己，从此和桓温深交。两人既是上下级关系，也是朋友之交。郗超尽心尽力地为桓温出谋划策，而桓温对郗超也是事无大小"悉以咨之"。当时有个说法："髯参军，短主簿，能令公喜，能令公怒。""髯参军"就是指长着一部美髯的郗超，这个"公"就是桓温，可见桓温对郗超之信任。郗超为桓温谋主20余年，桓温数次北伐、废海西公、立简文帝、入朝掌权，均赖他从中谋划。

这样的一个人，不说是个阴谋家、野心家，至少也是个奸雄、权臣吧。这样的人，在印象中，应该是阴险奸诈、寡情薄义、欺上瞒下、横行霸道之辈吧。事实上，历史上的大多数权臣几乎就是这样一个脸谱。但魏晋之时，权臣、奸雄却往往不让人觉得可恨，甚至还有几分可爱、可敬，比如曹操、比如司马懿、比如桓温，还有这个郗超。他们图谋篡位不假，但其行事，却自有一份英雄气概；而其为人，也是至情至性。几乎用得上"惟大英雄能本色，是真名士自风流"这一句赞语了。

郗超出身于高平郗氏，也算是名门了。他年轻时就以卓越超群、放荡不羁出名，人称有"旷世之才"。郗超的才华，也确实当得起"旷世"二字。政治、军事上的才能就不必说了，他的书法是东晋最为著名的几家之一，其草书被认为仅次于王羲之。他在佛学上也造诣精深，其著《奉法要》是东晋佛学名著，名僧支道林称他为"一时之俊"。《世说新语》中有关郗超的记述多达28条，毫无疑问是一位当代名士了。

郗超最为人称道的一件事，是他对名将谢玄的支持。谢郗两家不和，矛盾到了公开化的地步。当前秦军队南下攻晋，侵占梁岐、虎视淮阴之时，谢安力荐自己的侄子谢玄统帅军队，北上抗击。谢玄能否胜任这个关乎国家存亡的重要职位，朝廷上下议论纷纷，当然也对谢安举荐侄子不无非议。这时，一向与谢安、谢玄不睦的郗超站了出来，说，谢安敢于违背凡俗举荐自己的亲属，这正是他贤明之处。而谢玄此去，也必定一举成功。有人问郗超有何依据？郗超说，我和谢玄曾同在桓温幕府共事，发现他用人能各尽其才，即使是一些细小事务，他也能找到最合适的人去做。以此推断，他定能建立功勋。等到"淝水之战"胜利，大家都赞叹郗超有识人之明，更敬重他能为国家利益而捐弃前嫌。有趣的是，无论是谢安还是郗超，对后人津津乐道的"郗超举谢玄"似乎都觉得理所应当，不当回事。郗超依然对谢安位在其父郗愔之上耿耿于怀，公开表示不满。可见，支持谢玄，并非是郗超示恩卖好拉拢谢家的政治手腕，只是他的率性而已。

政治上尚且如此，生活中的郗超更是名士风度十足。当时有个叫范启的，在给郗超的信中，嘲讽王献之说："子敬此人，又瘦又干，即使把他的皮扒了下来，还是找不到一点油水。"郗超回信说："全身干巴巴的，比起全身假惺惺的，哪个好？"因为这范启"矜假多烦"，郗超嘲讽起来就毫不客气。如此不给同僚面子，在魏晋官场上，怕是不多见的。还有一次，郗超去看望父亲郗愔。聊天时，总是有意无意地把话头往钱财上引。郗愔心知其意，笑道，你不就是想在我这里用点钱嘛。行，今天我把府里的钱库打开，你要用多少只管拿。郗愔暗想，任凭你胡吃海喝乱买，就只一天，花个几百万就撑死了。不料，郗超大开库门，把库里钱财全部分送亲戚朋友。郗愔想不到郗超竟然如此任性，只能是"惊怪不已"。平日里，郗超也以仗义疏财著称。他如果听说某个名士要弃官隐居了，就掏钱在风景绝佳之处为他买上一幢别墅，内中陈设也是一应俱全。如此做派，真不像一个当朝权臣，倒像是江湖上的及时雨宋江宋大哥了。

说起这郗愔，其性格清静无为，沉默寡言，从小就不喜欢与人竞争，不过对晋室却是忠心耿耿，真不知他怎么生出郗超这样一个儿子来。郗愔在任北府统帅时，他姐夫王羲之的儿子王徽之到郗府祝贺。王徽之自是名士派头，平日里仗着门第高贵，不怎么看得起郗愔，就拉长了声音吟诵道："应变将略，非其所长"，还翻来覆去地说个没完。北府即京口，这里的部队是东晋最为精锐之师，原非郗愔这样的恂恂儒者所宜统帅。王徽之的话实是在理。但到人家府上公开嘲讽主人，未免太过分了。郗超的弟弟郗融闻言勃然大怒，说："父亲今日拜官，子猷如此言语不逊，实难容忍。"郗超却打了个哈哈，说，这两句话是陈寿在《三国志》中对诸葛亮的评语，他王徽之把父亲比作诸葛亮，我们还有什么可说的？郗超愣是揣着明白装糊涂，把打脸变成了往脸上贴金。

以郗超的能力和性格，他可能也像王徽之一样对郗愔不以为然，但郗超对父亲却十分孝敬，这在当时就为人所称道。太和四年（369），桓温发动第三次北伐，约同任徐兖二州刺史的郗愔一同出兵。桓温北伐，名义上是恢复晋室，实则是为自己篡位夺权积累资本，这点可谓是"司马昭之心路人皆知"。但郗愔这个朝中大官偏偏不知，他还真以为桓温是为晋室尽力。于是就写信给桓温，表示愿意出兵，与他共同辅佐王室。为桓温处理事务的郗超看到了这封信，真是哭笑不得，同时为父亲担忧。倘若桓温以为郗愔是有意讽刺，岂不是把桓温给大大地得罪了？倘若北伐成功，桓温借势行废立之事，忠于晋室的郗愔事实上反为桓温登上皇位助力，将何以自处？又何以对人？以郗愔之平庸无能，一旦卷入篡位之事，说不定枉送了性命。郗超将该信"寸寸毁裂"，然后仿照父亲的笔迹，另写一信，说是自己非将帅之才，不能胜任军旅重任，且年老多病，请求给个闲职休养，并愿把自己的军队交给桓温统领。桓温一看大喜，想这郗愔真是识情知趣，就坡下驴，任命郗愔为冠军将军、会稽内史。郗愔总算从权力之争的漩涡中解脱了出来。

桓温的篡位之梦，在谢安、王坦之等人的阻挠下，至死也未能实现。桓温一死，郗超忧愤交加，几年后也就病死，年仅42岁。临死前，他把一箱书信交给门生，说，这箱书信本应烧掉，但因父亲年事已高，我死之后，必定悲伤不已。倘若父亲伤心得饮食俱废，就把这箱子交给他。否则，就烧掉算了。果然，郗愔心痛郗超英年早逝，振兴郗家的希望就此落空，忧伤成疾，眼看就要一病不起。门生便把箱子交给了他。郗愔打开一看，里面全是郗超与桓温密谋废立的信札。郗愔大怒说："小子死恨晚矣！"从此不再悲伤，最后活到了73岁，这在当时也算高寿了。郗超不惜以自己一世名声来救治父亲，这份苦心孤诣，说得上至情至性了。

按照常人的逻辑，一个图谋篡夺皇位的，必是大奸大恶之徒，而如郗超这样慷慨豪迈、风流潇洒的，绝不会做倒行逆施之事。郗超身为当朝重臣，当世名士、书法名家，事亲至孝、待友真诚，在当时有着极高的声望。《晋书·郗超传》说："凡超所交友，皆一时之秀美，虽寒门后进，亦拔而友之。及死之日，贵贱操笔而为诔者四十余人，其为众所宗贵如此。"这样一个能力、才学、性格几乎无懈可击的人，却是废黜海西公、操纵简文帝、力推桓温上位的主谋，这又该如何解释呢？

从时代风气上说，东晋的官员，大多颇有名士气，行事洒脱，如王导、王敦、王衍、谢安、桓温、殷浩、庾亮等人，均为一言九鼎的朝廷重臣，照样在《世说新语》中活灵活现。跟他们一比，明清时期的官僚们，简直就是行尸走肉。郗超之为人，在谢安等人看来，也许不算得是如何的特立独行。其中还有一个重要的原因，就是废立之事，在郗超同时也在朝臣眼里，并不像后世看得那么严重，至少没有到连转一下念头也是大逆不道的那种地步。

简文帝司马昱向郗超打听桓温有无废黜自己之心，可见桓温图谋上位已是公开的秘密，连皇帝本人也不避讳。但即

[明] 张鹏《渊明醉归图》

便如此，桓温也没有达到人神共愤、千夫所指的地步。桓温数次北伐，目的是为自己积累威望和政治资本，也就是说，只要桓温成为天下人人敬仰的大英雄，取代晋室那是顺理成章的事，是会得到许多人的认可。郗超死后把自己与桓温密谋的书信呈上父亲，固然是对父亲的一片孝心，但本身也说明，这并不是什么天大的事。放在明朝清朝，图谋篡位的事，敢这样写在书信里吗？写了后敢保留吗？保留了又敢留给家人看吗？家人看了后还敢说出来吗？立马就是满门抄斩、诛灭九族。两晋时皇帝与豪门士族的关系，并不像后代君要臣死臣不得不死的那种，倒类似江湖上大哥与兄弟的关系。兄弟们把司马大哥捧上了皇位，这皇帝如果做得不像话，兄弟们就拍拍屁股，不跟他玩了，他其实也没办法。更有甚者，几个兄弟一商量，换个兄弟做大哥，也不是什么大不了的事。"王与马，共天下"，虽说是晋元帝司马睿故作姿态，但也说明王、马共坐也有存在的合理。要是朱元璋跟徐达说，徐兄弟，这皇位咱哥俩共坐，徐达恐怕只能马上自杀以明心志。桓温图谋上位，当然可以说是对晋室不忠，但也可以说是眼见司马奕、司马昱没有做大哥的威望与能力，桓温众望所归做个大哥又有何妨？说到底，这无非是几个大家族之间的利益争夺。而郗超一心一意扶持桓温上位，从根子上说，也是为郗家振兴而努力。

东晋的名门大族，如果硬要分个高低的话，王谢桓庾四大家族是超一流，殷郗袁萧四大家族是强一流。西晋"永嘉之乱"时，郗家在战乱中遭受重大打击，郗超的祖父郗鉴靠族人接济才活了下来。《晋书》中有个故事，说乡人仰慕郗鉴之德行，请他到家里吃饭，郗鉴就带了侄子、外甥一起去。乡人说，大家都不容易，我们只能接济你，不能接济这两个孩子。于是郗鉴吃完后，把饭含在两颊旁，回来后吐给两个孩子吃，靠这样活了下来，可见其艰辛。郗家随晋室南渡后，郗鉴颇受王敦排挤，郁郁不得志，后来靠着镇压"苏峻之乱"的军功，才渐渐升至司空、太尉，郗家就此崛起。但郗鉴死后，其子郗愔、郗昙，其孙郗融、郗冲、郗恢等能力都很平常，振兴郗家的希望全落在长孙郗超一人身上，其压力之大可想而知。依郗超的至情至性、洒脱风流，或许他并不想蹚皇帝废立这一浑水，但要郗家声望不坠甚至跻身于超一流家族，跟着赏识自己的大英雄桓温干，是最快捷的路径。一旦桓温做了皇帝，郗家乘势便可取代王谢而成当世大族。这样说，虽然没有直接的史料可证明，但为家族而奉献乃至牺牲自己的一切，原是一个世家子弟必须具备的品行，也是晋世的士风。如近人余嘉锡先生在《世说新语笺疏》中所言："盖魏晋士大夫止知有家，不知有国。故奉亲思孝，或有其人；杀身成仁，徒闻其语。"郗超一生，正可为这个论断作注脚。可惜的是，桓温至死也没有登上皇位，郗家也在郗超死后迅速没落，而郗超本人在历史上成了一个毁誉参半的人物。

一種風流吾最愛

打满补丁的新衣

　　魏咸熙二年（265），魏元帝曹奂与晋王司马炎之间上演了一出禅让的好戏。像几十年前汉献帝与曹丕之间的禅让一样，曹奂坚持要把皇位让给德高望重、天命所归的晋王司马炎，而司马炎一定不肯坐上其实是这祖孙三代处心积虑、觊觎已久的皇帝宝座，满朝文武不厌其烦地一而再再而三地劝谏司马炎听从上天的旨意，满足全国黎民百姓的强烈愿望，成全魏帝的真情苦心。最后，"无奈"的司马炎只能登上皇位，成为晋武帝。称帝15年后，晋武帝兵发20万，以六路大军，水陆并进，直捣东吴京师建邺，一举灭亡了东吴政权，中国自东汉末年开始长达90年的战乱和三国鼎立纷争的局面宣告结束，迎来了中国历史上又一个大一统的王朝。

　　君临天下的晋武帝，想来一定是意气风发、踌躇满志，颇想建一番不世之功。事实上，就位之初的晋武帝，确实也有几分明君的气象。他连颁五道诏书：一曰正身；二曰勤百姓；三曰抚孤寡；四曰敦本息末；五曰去人事，努力打造一个"好皇帝"的形象。当时天下久经战乱，人心思定，老百姓都想安居乐业，所以经济恢复得十分迅速。太康年间，已是一片繁荣景象，有了"天下无穷人"的说法，史称"太康之治"。晋武帝本人也是"仁以厚下，俭以足用，和而不弛，宽而能断"。一日，有个太医向他进献了一件珍贵的雉头裘，司马炎竟拿到朝堂，当着全体大臣的面，将这宝贝雉头裘烧个干净，以示自己节俭的决心。此时创造了"焚裘示俭"这一成语的晋武帝，肯定想不到，多年以后，他还会创造另一个成语："羊车望幸"。自然是莫大的讽刺，在此不赘。

再说雄心勃勃的晋武帝，做了皇帝才慢慢地发现，情形并不那么简单，很多事，不是想做就能做到的。

大凡新朝开张，总要颁行新的治国理政方略，在否定前朝的同时打造生机勃发的新朝形象，借此来提振信心，凝聚人心。晋武帝肯定也想这么做，但他却不能这样做。

原因很简单，他的王朝，不像汉高祖刘邦这样，是手提三尺剑，推翻暴秦而取得的，而是曹魏"让"给他的。为什么要让给晋武帝呢？因为司马家祖孙三代，从司马懿、司马师、司马昭到司马炎，忠心耿耿地为曹魏政权服务，立下了不朽之功勋。曹家实在无法感谢司马家这么大的功劳，只能把整个天下奉送给他以为酬答，让他从总经理升为董事长。虽然谁都知道这江山是司马氏篡夺来的，但"禅让"这一"皇帝新衣"是无论如何不可说破的。一旦说破，晋朝的合法性、正当性就成了空中楼阁。"禅让"是司马氏必须要坚持的立场。现在，要是大刀阔斧地彻底否定前朝的政治制度和经济制度，这就意味着前朝是错的。既然是错的，司马家当初为什么那么死心塌地地为它打工呢？为什么东征西讨维护它的统治呢？前朝皇帝把皇位"禅让"给司马家，是不是也错了呢？所以前朝是不可能错的，至少大方向上是不会错的。现在不能推倒重来，只能是在原来的基础上小修小补。就像留给他的一件衣服，他不能丢掉重换一件新的，只能在上面修修补补打补丁。

更为尴尬的是，曹魏留给晋朝的这件"衣服"，其实也不能说是曹魏制作的，因为曹魏的江山，也是东汉末代皇帝汉献帝"禅让"给曹丕的。魏文帝曹丕所能做的，也只能是在东汉的这件旧衣服上打上几个"曹记补丁"。再往前看，其实东汉的这件衣服，也基本上是继承了西汉的。东汉开国的光武帝刘秀，虽然推翻了王莽的"新"朝，是打出来的江山。

但东汉宣称的，是把被王莽篡夺的刘家江山夺回来，重新还给刘家。我们现在说西汉、东汉，或者前汉、后汉，这都是后人为了便于区分而命名的，当时东汉政权就叫"汉"。在东汉的正统价值观中，它与西汉是同一个政权，只不过中间被王莽打断了几年而已，所以东汉的制度也是承袭了西汉。现在司马炎身上穿的，其实是500年前刘邦、萧何他们做下的衣服，流转了东汉、曹魏两代主人，上面的补丁已是重重叠叠，叫他这个"官二代"怎么个补？

新皇帝上台，要贯彻自己的思路，最有力最简便的方式，就是换人，把一大批忠于自己、执行自己政策的人充实到重要岗位上去。司马炎当然也有一批"自己人"，但他或许可以把"自己人"换上去，却不能把"旧人"随心所欲地换下来。根源同样在于"禅让"上。既然承接了前朝的制度，那一大批忠实执行前朝制度的大臣，总不能一股脑儿全加以罢黜吧？当年司马师、司马昭与他们同为曹魏的肱股之臣，现在却全都要打翻在地，这无论如何说不通啊。所以司马炎的用人，也只能是见缝插针，"补丁式"地用人。至于逊位的魏元帝曹奂，那更是要优待。当年曹魏对禅让的汉献帝刘协，封他为山阳公，允许刘协在其封地奉汉正朔和服色，建汉宗庙以奉汉祀。有这个榜样在前，晋武帝对魏元帝曹奂也得一样优待。

司马炎封曹奂为陈留王，邑万户，并使用天子旌旗，行曹魏正朔，上书不必称臣，受诏也可以不拜。顺便说一句，这陈留王一支一直绵绵不绝，历经东晋、刘宋，直至南齐，陈留王国才被废除，享国 215 年，比两晋加起来还长了 50 多年，实在是一个讽刺。

　　司马炎其实还有一个说不出口的"苦衷"。那就是衣服上黏着一块大大的"油污"，看着分外的不爽，但又不敢用力去擦。因为一擦，说不定就擦出一个大洞。这块"油污"，就是一帮奸佞之臣。明代思想家王夫之在说到晋武帝的用人时说："然其所用者，贾充、任恺、冯紞、荀勖、何曾、石苞、王恺、石崇、潘岳之流，皆寡廉鲜耻贪冒骄奢之鄙夫。"这些人充斥朝廷，占据高位，即使像张华、陆机、傅玄、傅咸、和峤等正直之士，也是"不敌群小之翕訿"，正不压邪也。千年之后的王夫之都看得出贾充等人寡廉鲜耻，晋武帝岂有不知？但他知道了又怎样？照样还得重用。因为这批人，是司马氏登上皇位的得力功臣。"三马食槽"，司马懿、司马师、司马昭父子三人是靠搞阴谋诡计，行使卑鄙手段而篡位夺权的。在一步步攫取权力的过程中，他们身边聚集着一帮心狠手辣、阴险狡诈之人，一起出谋划策，结党营私，为司马氏代魏立下了汗马功劳。比如贾充，当年一马当先，杀死了高贵乡公曹髦，为司马昭扫清了最后一个障碍。这帮人身为魏臣，完全是为了贪图富贵而卖身投靠。其道德之低下，那是不用说了；其手段之卑劣，那也是不用说了。司马氏篡魏，论功行赏，他们自然是官高禄厚。那么，司马炎能不能像刘邦杀功臣一样，把这帮阴谋家给"做"了？也不行。刘邦能杀死韩信、赶走张良，因为他一直是韩信、张良的老大，权谋手段是个中高手。而司马炎只是个"官二代"，其威望和手段远远不能"镇"住贾充、何曾、荀顗等老江湖，也缺少"宫斗"的经验。他安分守己倒也罢了，要是想玩玩"过河拆桥"，说不定反被贾充等老牌阴谋家、野心家联手给做了也说不定，反正贾充也不是没杀过皇帝。再说，自己的皇位本身就是"偷"来的，坐在皇帝宝座上多少有点理不直气不壮。面对这一帮一起"偷"皇位的兄弟，总有点心虚，哪里还会有廓清官场空气的勇气？所以贾充等人，他晋武帝用也得用，不用也得用，这块"油污"是牢牢地黏在了"大襟"上了。

司马氏的上台，也是靠了士族力量的支持。自东汉以来，名门世家一直是政治舞台上的一个主角，在很大程度上左右着朝廷政治斗争的走向。在和外戚、宦官一起把东汉王朝折腾完了之后，名门望族实际上成了称霸一方的地头蛇，有钱有地有权有资历，甚至有私人武装。到了曹魏时，士族势力愈发盘根错节，势动朝野。晋朝如果是靠起兵夺取政权的，那么在削平群雄之时，士族势力必定要遭到扫荡，对于新朝的社会秩序建设，皇帝就拥有了绝对的话语权。但现在的问题是，司马氏是依托着士族的拥戴而登上皇位的，司马炎与几个大家族之间，并不纯粹是君与臣的关系，而是类似大哥与兄弟的关系。大家都是抢地盘、闯江湖的，谁占的地盘大、手下弟兄多，他们就尊称他一声大哥，推他做皇帝，前提是他也得给他们一点肉吃。大家都有好处拿，就互相客客气气；他要是动了弟兄们的奶酪，那对不起，不跟他玩了，他们做他们的地头蛇去。在士族的价值观中，家族利益永远是第一位的。他们之所以拥戴皇帝，并不是臣服于皇帝，而是以此来保全家族利益。如钱穆在《国史大纲》中指出："诸门第只为保全家门而拥戴中央，并不肯为服从中央而牺牲门第。"而对于皇帝来说，登上皇位是靠了他们的帮衬，要坐稳皇位还得靠他们给面子，否则一拍两散，皇帝就真的成了孤家寡人。在魏晋的伦理观念中，士人对于皇帝，只是一种间接的君臣关系，而对于家族，却是一种人身依附，所谓"仕于家者，二世则主之，三世则君之"。如果三代为某个豪族做事，那这豪族就是士人的"君皇"了。至于那个高高在上的皇帝，并无直接的关系。皇帝要控制全国，必须得通过士族这一中间环节，否则还真玩不转。因此，司马炎倘有什么"新政"之类，必须以不触动士族利益为前提。如此画地为牢，新政的实施空间又还有多少？

曹魏为了防止宗室争夺皇位，对宗室诸王控制得十分严厉，诸王国小地少人稀，"子弟王空虚之地，君有不使之民"，没有任何实权。诸王自然无力窥视皇位。但重臣、豪族却借机坐大，以至让司马懿这样的权臣发动了"高平陵之变"，一举掌控朝政。司马炎总结了曹魏的经验教训，认为必须壮大宗室，以便在危急关头拱卫皇家。这叫"百足之虫，死而不僵，以扶之者众也"，这一个个宗室就是那百足之虫一只只的脚。这听着似乎很有道理，在虎狼环视的当口，自己的亲人总比别人家的孩子稍微可靠一点，哪怕最后被抢了去，落在自家人手里总比换给异姓要好点吧。魏、晋的做法看起来大相径庭，其实出发点是一致的，那就是要力保皇位不被抢去。王夫之说"魏之削诸侯者，疑同姓也；晋之授兵宗室以制天下者，疑天下也"，可谓一针见血。但世事难料，司马炎在打上分封制这个"大补丁"时肯定没有想到，权臣固然可恶，自家的孩子也成了白眼狼。

泰始元年（265）受禅之初，司马炎一口气封了 28 个同姓宗室王，但封王是在京任职的。咸宁二年（277），司马炎

晋武帝司馬炎

[唐] 阎立本《晋武帝图》（见《历代帝王图卷》）

觉得还应进一步壮大诸王，又进行了第二次分封。这次分封，把封国分为上、中、下三等。上国领地最大，辖民 2 万户，军队 5 000 人；中国次之，辖民 1 万户，军队数为 3 000 人；下国最末，辖民 5 000 户，军队数为 1 500。并且封王各自回领地。这样到晋惠帝时，宗室王已有 40 多个，势力也渐渐壮大。

司马炎分封诸国的制度设计，是想当权臣、豪族起事时，各宗室王能"兄弟同心、其利断金"，从外地联合起来"勤王"，把异姓势力一举剿灭。这显然是太一厢情愿了。随着时间的推移，各宗室王之间的关系也变得十分复杂起来。他们之间在辈分上有差别，最老的赵王司马伦是司马炎的叔父辈，最小的是司马炎的儿子辈。由于子孙繁衍，诸王之间，并非同出一宗，即使同出一宗，也还有嫡庶之分，更不要说因利害关系而形成的各种利益集团。于是，诸王之间，互为同盟者有之，勾心斗角者有之，反目成仇者有之。诸王又都是有地有人有兵，一个个牛气冲天，谁也不服谁，渐渐地他们连皇帝也不大看得起了。到了晋惠帝司马衷时，诸王都已是虎视眈眈。恰好晋惠帝的皇后、贾充之女贾南风，为了阻止外戚杨骏的大权独揽，引汝南王司马亮、楚王司马玮带兵进京，杀死了杨骏。不久司马玮又杀了司马亮，然后司马玮自己也被贾南风杀了。贾南风在把持朝政几年后，赵王司马伦发兵收捕了贾南风，自己称帝。这就引爆了火药桶。齐王司马冏、河间王司马颙、成都王司马颖联合起兵讨伐司马伦。消灭司马伦之后，河间王司马颙、长沙王司马乂又联手干掉了齐王司马冏，然后司马颙、司马颖与司马乂又打了起来。这时又冒出个东海王司马越，杀死了司马乂。诸王之间越打越乱，越打越大，反正我在看这段历史时，经常搞不清这司马与那司马，更搞不清谁与谁是朋友、谁与谁又是对头。这一顿乱打，打了16年，最后参战诸王相继败亡，中原大地成了一台大型绞肉机，百姓哀鸿遍野，经济严重破坏，整个西晋元气大伤，各种矛盾相继爆发。"八王之乱"引发了"五胡乱华"，终于在316年，刘曜攻破长安，俘获了晋怀帝，西晋就此灭亡。

一个大一统的王朝为何如此的短命？或许原因从禅让的那一刻起就已经种下了。中国历史上的王朝更迭，不外乎武力的"豪夺"与禅让"巧取"两种形式。看起来，禅让制由于避免了战争，社会没有遭受巨大的创伤，似乎更容易让人接受些。但一个明显的事实是，禅让得来的朝代往往是短命的，如王莽的新朝，如曹魏，如西晋，如宋、齐、梁、陈。问题正是出在"禅让"本身。新王朝在接受了旧王朝的统治权的时候，也把它的弊病接了过来。这样的王朝先天不足。说是新王朝，它实际上是在旧王朝的基础上，按旧王朝的惯性继续向前走。读读《晋书》，腐朽、衰败、纵欲、无所谓，这些"末世气象"比比皆是，根本没有一个新兴王朝该有的清新、壮健与开朗。这看似不可思议，其实也在情理之中，因为它骨子里承接的就是汉、魏之余绪。纵观一个封建王朝的兴衰史，就像一个核反应堆，越到后面，正能量越来越衰减，负能量却越积越多，而且是不可逆转的。兴利除弊往往只能是头痛医头、脚痛医脚，不可能从根本上解决问题。这就像是一件衣服，穿到后来，肯定是越来越旧、越来越脏、越来越破，这时唯一的办法，是不停地打补丁，补丁上再打补丁，当补丁没地方好打的时候，就是它彻底烂掉的这一天。

亡了帝国的那颗钉子

晋惠帝司马衷执政时，有一年闹饥荒，很多老百姓被活活饿死了。惠帝听到后很不解地问"何不食肉糜"？这个故事广为流传，使晋惠帝坐实了"史上唯一白痴皇帝"的形象，千百年来可谓妇孺皆知。

一个白痴怎能做得好皇帝呢？这是人人明白的道理。的确，白痴当皇帝，后果很严重。司马衷当政17年，天下乱成了一锅肉糜粥，"贾后乱政""八王之乱"，再之后"五胡乱华"，把中华大地搅了个天翻地覆。司马家族历经三代苦心经营，好不容易建立起来的大一统西晋王朝，仅仅过了37年就葬送在一个痴儿手里。呜呼！一辈子机关算尽的司马懿，如若地下有知，估计棺材板都快按不住了！

那么问题来了，一向"聪明神武"（《晋书·帝纪三》评语）的晋武帝司马炎，为什么在自己26个儿子里，偏偏选中司马衷这个白痴当继承人呢？

试想，司马衷继任时已经31岁了。"太子是个白痴"这事儿，就像咳嗽一样瞒也瞒不住，很多人明里暗里都劝司马炎另立太子，连司马炎本人都心知肚明。《晋书》对此多有明确记载，如"帝素知太子暗弱"，"帝以皇太子不堪奉大统，密以语后"，"帝常疑太子不慧"，等等。明知太子智力低下，明明还有更合适的人选，司马炎却偏偏就把江山交到这傻儿子手里，这不科学啊！千古谜团背后，司马炎究竟是咋想的呢？

现代心理学普遍认为，一个人的心理行为模式，源自其童年经历和原生家庭的影响。很多人失控的人生选择，都要从其童年找答案。如果以这个视角去看司马炎，你会发现，他的原生家庭确实问题丛生。

司马炎是司马昭的嫡长子，按礼法本应无可争议地继承晋王爵位。然而命运却跟他开了个天大的玩笑。司马昭属意的继承人一直是他弟弟司马攸，而且人前人后多次拍着座下椅子说："此桃符座也！"桃符正是司马攸的小名，司马攸"几为太子者数矣"。这种情形一直持续到司马炎29岁时。完全可以想象，司马炎每次听到这话，心里该有多么失落绝望，对弟弟司马攸有多么羡慕嫉妒恨。

虽说科学家早已验证"父母都是偏心眼",偏心现象在动物界也普遍存在,可司马昭这心也偏得忒明显了点吧?其实,司马昭这么做也有他的理由。第一个理由就是司马攸确实比司马炎更优秀。司马攸年幼时就十分聪慧,长大后为人"清和平允,亲贤好施,爱经籍,能属文,善尺牍",才能和名望都超过了司马炎,祖父司马懿也非常器重他。弟弟太过完美,让司马炎感到很大压力。据说司马炎每次与其同处一室,一定要先想好措辞然后再说话。

司马昭的第二个理由更强大,那就是司马攸身份特殊。因为司马师无子,司马攸就被过继给司马师做儿子。大家都知道,师、昭兄弟中,司马懿一直是把长子司马师视作继承人的。在关乎司马家族生死存亡的"高平陵事变"中,司马懿提前只跟司马师单独谋划,直至起事前夜才告诉司马昭。那一夜,作为策划者的司马师镇定如常,司马昭则辗转反侧,紧张得不能安席。举事后,司马师一声号令,半天就召齐了他平日暗中豢养在市井的三千死士,为诛曹爽、夺天下立下了汗马功劳。我猜想,按照司马懿的盘算,司马家权力继承路线图应该是由司马师再到司马攸。

然而人算不如天算,谁也没料到司马师竟然47岁就病死了，此时司马攸年仅7岁。司马家篡魏为晋的大业尚未完成，当时政局还凶险莫测，怎能指望一个小孩子来接盘呢？于是，司马师只能将权力交到弟弟司马昭手里。也正因为这样，司马昭后来经常说："天下者，景王（司马师）之天下也。吾摄居相位，百年之后，大业宜归于攸。"

这话当然十分动听，简直胸襟磊落、大公无私，说出来估计连司马昭自己都会被感动得眼含热泪。此前他应该的确是这么想的，本来嘛，他虽不能接班，但让亲儿子从他伯父手里接班，自己不还是最后的赢家么！但当天下已经成为司马昭囊中之物的时候，他真心愿意把江山拱手还给司马师一脉吗？我看未必。说起来本是同根生，但历朝历代亲兄弟为争储杀个你死我活的事儿难道还少吗？何况，"司马昭之心路人皆知"，他本就是个不折不扣的野心家。

所以，这时候司马昭心里应该已经开始动摇了。只是先前说出去的话，也不好自己再吃回去啊。怎么办呢？没关系！自古以来当权者身边总围绕着一大批善于揣摩上意的人精，主子瞌睡了赶紧递上枕头，主子不好说的话他们来张口。只要司马昭心思松动了，那司马炎就有机会，关键是怎么把机会抓住。

司马炎比司马攸年长12岁，这些年他可一点都没闲着，早就上下左右各种活动笼络，把圈子经营得风生水起。到后来，司马昭的主要亲信重臣几乎都跟司马炎结成了利益同盟，整天变着法子帮他说好话。比如山涛搬出礼法，说"废长立少，违礼不祥"。有一次司马炎长发委地，手垂过膝，故意问裴秀："人有相否？"裴秀心领神会，转脸就对司马昭称赞司马炎"非人臣之相也"。贾充也来帮衬："中抚军（司马炎）有君人之德，不可易也。"

贾充这等无利不起早的奸猾之辈，会不知深浅地乱掺和废立大事吗？作为司马昭的亲信心腹，他肯这样明确站队，必然是知道司马昭想把大位传给自己儿子的心思。既能迎合上意，又可以毫不费力地在司马炎那儿讨一个拥立之功，这样讨巧的事谁不干是傻子！史书有载，司马昭临终前，曾对司马炎说："知汝者贾公闾（贾充）也。"吕思勉也据此推断，司马昭"无宋宣公之心"——宋宣公是春秋时让位于弟弟的宋国国君。

舆论开始一边倒。司马昭几经拖延扭怩，终于在死前半年确立了司马炎的世子地位。大位到手，又加上父母临死前千叮万嘱要他善待司马攸，所以，司马炎表面上对司马攸看似毫无芥蒂，比如封他为齐王，让他历任骠骑将军、太子太傅、司空等要职。但是，司马炎心里真的放下了吗？显然没有！童年阴影可以说是深入骨髓，那些担惊受怕、如履薄冰的日子，那种被父亲冷落、嫉恨失落的感觉，像个噩梦一样如影随形、挥之不去。

最可怕的是，到司马炎当政后期，命运的怪圈又将他推回到噩梦的起点。随着司马衷长大成年，太子弱智的事儿几乎已人尽皆知。与之形成鲜明对比的是，这些年齐王司马攸谦虚谨慎、治军有方、爱民如子，贤王美名是人尽皆知。朝野上下要求改立齐王为储君的呼声越来越高。

司马炎当然也知道不能让傻子当皇帝啊。万般纠结中，有一次，他向尚书令张华讨主意："谁可托寄后事者？"张华脱口而出："明德至亲，莫如齐王攸。"这个回答可太让司马炎伤心了！在这个世界上，他内心深处最忌惮、最讨厌的人，就是这个弟弟司马攸。可张华偏偏站错队，于是司马炎毫不留情地将张华贬到幽州去了。

张华被贬走了，朝中另外那些向着齐王的人怎么处理？在荀勖建议下，司马炎使出了一招"引蛇出洞"，下诏令齐王回封国，以此观察朝臣的反应。果然，诏令一出，举朝哗然。扶风王司马骏、征东大将军王浑、中护军羊琇，侍中王济、甄德等人，纷纷上书请皇帝收回成命。两个公主还跑回宫中一把鼻涕一把泪地哭谏。

这下司马炎不止愤怒，而且还感到了深深的恐惧。宗室群臣越是支持司马攸，他心中的愤懑猜忌就越严重。这下，他铁了心要把司马攸赶出京城，于是连下诏书、恩威并施，连连催促齐王归藩。坚持立嫡长子的想法，在他心中也渐渐变成一种坚如磐石的执念。想当年，父亲司马昭的犹豫和暗示，让他承受了无尽的忧惧和惊吓。作为一个"立长不立贤"的受益者，司马炎心里打定主意要坚持这个规矩不动摇，进一步强调他自己作为嫡长子继承大统的天然合法性。有了这难言之隐，在之后十多年里，司马炎苦苦坚持，不惜和卫瓘等人翻脸，也闭口不提废立之事。

当然，他也曾为此忧心忡忡。但在各种因素影响之下，他还是打消了废立的念头。例如，司马衷的生母杨皇后临死前曾苦苦哀求他不要更换太子。又如，司马衷娶了西晋开国功臣贾充之女贾南风，司马炎或许认为，这种联姻能让司马衷执政多一重实力保障。不过，群臣一直说太子愚笨，司马炎也得对大家有个交代。有一次，司马炎把朝中大员都召到宫中，出了个试题密封起来送到东宫，要考考太子。司马衷自然是懵懵懂懂，但太子妃贾南风却极有心计，赶紧请来高手捉刀。捉刀也捉得很高明，没有文采飞扬引经据典，只求语言浅白意思通达，还特地写上几个错别字。试卷交上去，武帝一看，虽然言语粗鄙，但见识还是不错的。他当场把卷子给群臣看，高兴地宣布：这个儿子虽然不聪明，还是懂事理的啊。

这个故事看起来漏洞百出。真要考太子，为什么不当场考，这不存心让太子作弊吗？当年父亲司马昭考司马炎的时候，他找人代考作弊的事儿没少干，这点猫腻还不明白？更何况，自己的傻儿子几斤几两难道心里没点数吗？还要来这一出当众测智商？估计啊，这从头到尾就是一场戏，只为掩耳盗铃，自欺欺人。

还有一个影响因素，是司马衷生了个高智商的儿子司马遹。据说司马遹5岁时，一次宫中失火，武帝登楼看火势，司马遹拉着他的袖子说：现在是深夜，又发生了意外事件，皇上不能站在有光亮的地方，否则有危险。武帝听了非常开心，儿子虽蠢，孙子聪明啊。司马遹六七岁时，陪武帝到养猪的地方去玩，对武帝说：这些猪又肥又大，留在这里浪费粮食，不如杀掉分给大臣们吃吧？武帝大喜，马上派人杀猪赐给众臣，当众感叹"此儿当兴吾家"。这个说法同样也是漏洞不少。司马炎难道不明白"小时了了，大未必佳"？儿子傻是肯定的，这是即期收益；孙子长大后却不一定继续优秀，这属于预测的未来收益，必然伴随风险。后世苏辙就此评论道："惠帝之不肖，群臣举知之，而牵制不忍，忌齐王攸之

168

[明] 周文靖《雪夜访戴图》

贤，而恃愍怀（指司马遹）之小惠，以为可以消未然之忧……武帝之择祸福可谓不审矣。"

所以，归根到底，在诸多因素中，还是童年阴影加上现实威胁，让决策者司马炎蒙蔽了心智。在他心中，司马攸才是最具威胁的对手，是折磨他一辈子的梦魇，是主要矛盾所在。传位给完美弟弟还是白痴儿子，两害相权，他肯定选取后者——这种强大的情感偏向甚至让他极其主观地忽视了巨大的风险。

这绝不是心理阴暗的无端揣测。从正史记载中，我们可以非常明确地看到司马炎这种纠结心态。当他多次催促齐王归藩时，齐王上书说自己病了，请求解除官职，去给父母守陵，然司马炎不许。齐王又亲自进宫向哥哥求情，司马炎还是铁石心肠不为所动。他认定齐王在装病，心里就盼着齐王赶快消失。结果，就在进宫后几天，齐王病情加重，吐血几升，不治身亡。死讯传到宫中，司马炎这才猛然醒悟，大哭起来。这一刻，估计他才想到了弟弟的恭谨谦让、父母的临终嘱托、一母同胞的手足之情。这时，侍中冯紞说了句："天下归心齐王，他的死是社稷之福，陛下何必哀伤！"就像变戏法似的，司马炎一下子就止住了眼泪。史笔实在妙绝，寥寥数语，几个细节，就把司马炎的心态显露无遗。

就这样，喧嚣十几年之久的皇储之争尘埃落定，历史出现了最戏剧性的一幕，一个白痴坐上了皇帝宝座。尽管后世也有人翻案，说司马衷其实不算真正医学意义上的白痴，但他智力低于正常人是没有疑问的，这样的人显然掌控不了一个根基未稳、隐患丛生的帝国，直接加速了西晋的灭亡。

晋武帝司马炎这一昏招屡被后世诟病。唐太宗李世民批评道："惠帝可废而不废，终使倾覆洪基。"明末清初思想家王夫之充满遗憾地假设，如果齐王不死，贾氏不得以逞奸，八王不得以生乱，随后也不会陷入长达数百年的纷争乱世。的确，司马攸生前对西晋内忧外患有着比较清醒的认识，譬如他曾屡次上书反对司马炎给藩王太多自主权，又曾提议及早除掉匈奴刘渊，可惜均不获采纳。后来，"八王之乱""五胡乱华"正是西晋灭亡的主因。然而，历史永远无法假设，孰对孰错已无法知晓，西晋帝国终究就这样地被迅速倾覆了。

西方有句谚语说："丢失一颗钉子，坏了一只蹄铁；坏了一只蹄铁，折了一匹战马；折了一匹战马，伤了一位骑士；伤了一位骑士，输了一场战斗；输了一场战争，亡了一个帝国。"就西晋而言，亡了帝国的那颗钉子或许不在别处，就在司马炎心里的那一念之私，那堂堂帝王都终其一生走不出的童年阴影。

朋友如粪土

　　陆机、陆云、潘岳、左思、刘琨、石崇、贾谧，听说过吗？

　　当然了，陆机，著名诗人；陆云，著名诗人；潘岳，著名诗人；左思，著名诗人；刘琨，著名诗人；石崇，大富豪，噢，也是个著名诗人。贾谧，这谁啊？没听过他也是个诗人么？

　　这贾谧的身份，比较复杂，也比较传奇。但在这里，他的身份是陆机、陆云、左思、潘岳还有号称西晋首富石崇诸人的"大哥"。陆机、潘岳、左思他们称之为"鲁国公二十四友"，而这个贾谧，就是鲁国公。

　　这二十四友，根据《晋书·贾充传附贾谧传》的说法，那就是：石崇、欧阳建、潘岳、陆机、陆云、缪征、杜斌、挚虞、诸葛诠、王粹、杜育、邹捷、左思、崔基、刘瓖、和郁、周恢、牵秀、陈畛、郭彰、许猛、刘讷、刘舆、刘琨，"号曰二十四友，其余不得预焉"。现在我们看来，内中名字陌生的也挺多。其实在当时，他们全是官场、文坛的一线明星。陆机、陆云、潘岳、左思就不说了，其余如刘舆、刘琨兄弟，"隽朗有才局"，"有纵横之才"，"名著当时"。石崇的外甥欧阳建"雅有理思，才藻美赡，擅名北州"；挚虞"才学博通，著述不倦"；牵秀"博辩有文才，性豪侠，弱冠得美名"。如果说，正史上这样的评语有点抽象，那翻翻西晋的各类文集就知道，在现存的西晋文人诗歌中，"二十四友"成员的作品占了将近一半。在梁昭明太子萧统的《文选》中，所收的西晋诗歌，"二十四友"所作的，大概占有六成。收录诗歌数量的前三名是潘岳、陆机、左思，全是"二十四友"。更夸张的是，《文选》收录了西晋的赋共有 14 篇，潘岳一人就有八篇，还有陆机两篇，左思一篇。完全可以说，抹去了"二十四友"，这西晋文学史就没法写。

这"二十四友"，其家世、地位也是很拿得出手的；有的是贵戚，如诸葛诠是晋武帝诸葛夫人之兄，王粹是灭吴名将王濬之孙、晋武帝的女婿，周恢与晋武帝是儿女亲家；有的是贵族后代，如石崇是晋开国元勋石苞之子，刘舆、刘琨是中山靖王刘胜之后，跟刘备算是一家。陆机、陆云是东吴名将陆逊之孙。左思一向被认为是寒门的代表，但他有个妹妹左棻是晋武帝的妃子。"二十四友"本身也是官场中人，职位最高的郭彰官至散骑常侍、尚书、卫将军，位居二品；石崇、杜育、挚虞、和郁等八人位居三品，一个个全是如雷贯耳的人物。

然而，这批明星队员的"带头大哥"贾谧呢，却是一个20岁不到的小年轻，也不是太子、王子。他何德何能，让这"二十四友"围着他转？这就得先说上一个故事。

贾充，是司马昭的得力亲信，在杀死高贵乡公曹髦一事中充当急先锋，为司马氏篡权立下了汗马功劳。贾充有两个女儿，大女儿就是白痴皇帝晋惠帝司马衷的皇后贾南风，以"黑、矮、淫、毒"著称。小女儿叫贾午，不过十来岁，还在家里。贾充召集僚属议事，贾午就在屏风后偷看，见到其中一个叫韩寿的大帅哥，不禁心动。恰好贾午的一个婢女当年在韩家做过，遂秘密牵线，让韩寿在半夜里逾墙而入，与贾午私通。一日，贾充闻到韩寿身上散发出一股熟悉的香气，甚为奇怪。因为这香是西域进贡来的，晋武帝只赐给了司空贾充和太尉陈骞，韩寿这香从何而来？贾充叫来女儿细细盘问，知道了女儿与韩寿的情事，这香自然是贾午送给韩寿的。

"偷香窃玉"一词也是从这里而来的。贾充还算厚道，生米煮成熟饭，让两人成婚。韩寿与贾午婚后生下一子，取名韩谧。

贾充权势熏天，却有一桩尴尬事，那就是一生没有儿子。按说贾充这样的大官，娶上七八个老婆生下十几个儿女，也是常事。但偏偏贾充家有悍妻。贾充在休了发妻李氏（被司马师诛杀的名士李丰之女）后，家里事全是继室郭氏一人说了算。贾充与郭氏生有两女两子。第一个儿子3岁时，一日乳母抱在怀中，贾充上前逗弄，被郭氏看见，认定贾充与乳母有私情，将乳母鞭打至死。偏偏这小孩只认乳母，乳母死了，孩子终日啼哭不止，竟然病死了。不可思议的是，这样的事竟然又重演了一遍。在第二个小孩1岁时，又是贾充去逗弄乳母怀中的孩子，又是郭氏妒心大发，又将乳母打死，孩子又是思念乳母而死。要不是这事记在《晋书》中，真怀疑这是小说家言。两个儿子死了，郭氏自己生不出，又不肯让贾充娶妾。贾充连皇帝也敢杀，见了母老虎却毫无办法，无奈之下，只得让韩谧过继到贾家，算是他的孙子，改名贾谧。

贾谧到十五六岁时，赶上了一个好皇帝。晋惠帝司马衷既肥且痴，朝中大事小事，全是他的皇后贾南风说了算，尤其是在贾南风杀死执政大臣杨骏，废除太子司马遹之后，更是大权独揽。但贾南风毕竟是皇后，有些事情不方便直接出面，她需要一个人来做帮手。于是肥水不流外人田，最信任的还是自家人，就把贾谧拉了进来。贾谧官任散骑常侍、后军将军、秘书监、掌国史等职。囿于年龄和资历，官不是最大，但实际上，贾谧与贾南风一起，成了朝廷的当权派。《晋书》上说："（贾）谧即为（贾）充嗣，继佐命之后，又贾后专恣，（贾）谧权过人主，至乃锁系黄门侍郎，其为威福如此。负其骄宠，奢侈踰度，室宇崇僭，器服珍丽，歌僮舞女，选极一时。""权过人主"，贾谧的权力比皇帝还要大，连黄门侍郎他都敢锁起来，这还有什么话好说呢。

贾谧是个聪明人，知道自己资历、能力、声望都不够，他需要笼络一批人，来帮他充门面。从政治上，以此来结党营私，网罗帮手，形成势力，扩大其政治能量和影响。一方面，从形象上，通过拉拢名人雅士，为其吹捧造势，也显得自己是个风雅之人；另一方面，像他这样的纨绔子弟，花天酒地的奢靡生活，也需要一批帮闲，玩出门道玩出档次来。于是在洛阳"开阁延宾"，广纳名士。

那么，对这样一个乳臭未干的新贵的召唤，名士们的反应又是如何呢？"海内辐辏，贵游豪戚及浮竞之徒，莫不尽礼事之"，大家立即就扑了上来，争着要紧紧围绕着贾谧的周围。或许还通过了一番竞争、选拔与倾轧，最后形成了大致阵容，"号曰二十四友，其余不得预焉"。注意"不得预焉"这四个字。就是还有很多的人，打破了头想挤进来，但是没资格，不得参与。

从现在的眼光看来，贾谧这样刚出道的年轻人，给陆机他们这样的文坛大咖，做个磨墨、抻纸的书僮还差不多，哪有反过来跟着他混的？但当时的情形，这样做，可谓是势所必然，不得不然。

西晋选拔官员，依据的是"九品中正制"，基本上就是看家世门第，"据上品者，非王侯之子孙，则当涂之昆弟也"，完全就是"上品无寒门，下品无士族"。寒门士子想要在政治上有所作为，必须要依附于贵戚、豪门、权臣、宗室，否则只能是"累年不调"。《晋书·郭奕传》："时亭长李含有俊才，而门寒为豪族所排。"《晋书·陈頵传》："頵以孤寒，数有奏议，朝士多恶之，出除谯郡太守。"这样的事可谓司空见惯。即就"二十四友"而言，美男子潘岳，出身庶族，从小就才华出众，"以才颖见称乡邑，号为奇童，谓终贾之俦也"。他早早就踏上了仕途，既有从政热情又有政治才能，但就是升不了官，"才名冠世，为众所疾，遂栖迟十年"。他自称："阅自弱冠涉于知命之年，八徙官而一进阶；再免，一除名，一不拜职，迁者三而已矣。"职务换了八个，官阶只进了一步，找谁去说理？比如陆机，也算是名门之后，但不幸的是，吴国灭亡，他成了寄人篱下的"亡国之余"，上升之路异常艰难，要想重振家族声望，只有位居高官。恰好在这时，贾谧因仰慕陆机的才华而欲罗致幕中。在当时，像贾谧这样信任南方士人的权贵少之又少，这对彷徨无依的陆机来说，无异是雪中送炭，不仅为自己，而且也为南方的士族发展，陆机必须要走上这条路。陆机依附贾谧，可能不是主动，但肯定是积极响应的。

当时的朝政极为混乱。外戚专权和"八王之乱"交错出现，"晋惠庸主，诸王争权，遂内难九兴，外寇三作"。每一次城头变幻大王旗，就是一次重新洗牌，知名人士必然要被新贵用作装门面的招牌。而等到下一轮洗牌的时候，就自然而然地成了"附逆"，列入诛杀的名单，所谓"魏、晋之际，天下多故，名士少有全者"。据学者统计，从太康十年（289）到西晋灭亡前后，知名文人的非正常死亡者，共有22人。故而有名的文人，想要独善其身其实也很难，就像张翰对顾荣所说的"有四海之名者，求退良难"，你要退也退不了。在如此情形下，与其这样不由自主、莫名其妙地被杀，不如自己把握，主动找到一个权臣依附，或许还能获得实现自己价值

[元] 赵孟頫行书《闲居赋》（局部）

的机会。"二十四友"托庇于贾谧，有不少人就是出于这样的心态。因而，当时的士人，除了忠于皇室，还得在权臣中找寻他们可依附的目标，如王瑶在《中古文学史》中所说的，"西晋的文士们，大半是过着一种寄于外戚权臣的依附生活"。同时，军阀的连年混战，当权者的血腥诛杀，也使士人多有生命无常的感叹，在"伤年命之倏忽，怨天步之不几。虽履信而思顺，曾何足以保兹"（陆机《感丘赋》）的世道面前，还有什么比眼前的功名富贵更为现实呢？相比于生命，屈节依附，又算得了什么呢？当然，还有一种情况，就是像石崇这样，平日骄奢淫逸，肆无忌惮，得罪的人实在太多了，也需要找一个像贾谧这样强有力的靠山，让别人不敢轻易动他。

也正因为如此，这样的依附关系，有着很大的功利性和投机性，不是为了道义，不是为了理想，甚至不是为了谈诗论文而走到一起，这样的团队自然是没有凝聚力，团队内部也会是矛盾重重。潘岳对贾谧"望尘而拜"，似乎是死心塌地，但实际上，潘岳在泰始年间（265—274），依附的是司空裴秀。贾充继任司空后，潘岳又投靠了贾充。贾谧"权过人主"，潘岳就成了"二十四友"之首。贾谧被杀，他又投靠了杀死贾谧的赵王司马伦。一起在司马伦手下任职的，还有"二十四友"中的陆机和刘琨。并不是说潘岳、陆机等人这样做是如何的不堪，很可能他们在转换门庭时毫无心理障碍。因为依附权臣，无论是依附者还是被依附者都清楚，这本来就是一种利益交换。一桩生意赔本了，接着再做一桩生意，又有何不可？故而，在"二十四友"之间，也不像此前的"建安七子""竹林七贤"彼此之间互相扶持，而是勾心斗角，即使落井下石也是毫不含糊。雅集之时，陆机见了潘岳，转身就走。潘岳嘲笑说是"清风至，尘飞扬"，陆机反击说是"众鸟集，凤凰翔"，两人的矛盾已是公开化。陆机是司马颖的领军大都督，同为"二十四友"的牵秀、王粹却"深怨之"。"河阳之役"，陆机、牵秀、王粹同率一军，本该齐心协力，但牵、王背后拆台倒也罢了，陆机战败后，被孟玖等诬陷"谋反"，牵秀竟"证成其罪"，并且"谄事黄门孟玖"，结果陆机被夷灭三族。这段故事，用潘岳之侄潘尼的话来说，就是"握权，则赴者鳞集；失宠，则散者瓦解；求利，则托刎颈之欢；争路，则构刻骨之隙"。

有句俗语叫做"朋友值千金"，又有句俗语叫做"千金如粪土"，于是有人说，这两句话放在一块，岂不是成了"朋友如粪土"？这自然是说笑话。但放在贾谧与"二十四友"的关系上，却是正确无比。依附的动机，就是为了"朋友值千金"——以依附来求权势；依附的结果，却是"千金如粪土"——权势转瞬而逝；最后自然是"朋友如粪土"，彼此之间形同陌路甚至反目成仇。在一个以成败论英雄、以势利取毁誉的时代，文人就是这样的既可怜亦复可悲。

竹林里来了位"葛朗台"

魏晋史未必人人读过，"竹林七贤"却几乎无人不知。在世人印象中，这群隐士高人常聚于竹林之下，纵酒啸歌、谈玄论道、弹琴赋诗，狂放不羁，肆意酣畅——这样的极致风雅，当今之世怕是再也见不到了。于是，很多人对"竹林七贤"可谓十分思慕神往。

这样的刻板印象世代流传，"竹林七贤"几乎就成了魏晋风度的最佳代言人！

可是，为什么说刻板印象呢？自然是实情并非如此。比如，世人皆以为"竹林七贤"都是超凡脱俗、风雅至极的隐士，其实不然。"七贤"中至少有"三贤半"未能抵御官场的诱惑，是出来做了官的。"半个"是指阮籍，他当过几天步兵校尉。向秀本有"箕山隐士"之志，后来却改图失节；山涛不仅自己做到了尚书仆射的大官，还劝嵇康也出来做官，惹得嵇康直接给他写了绝交书；王戎就更不用说了，官至司徒，位列三公，还是一个著名的大俗物。

"俗物"的鉴定结果当然不是我说的，当时竹林中人就说他俗。《世说新语》记载，有一次竹林聚会，王戎迟到，阮籍翻着他著名的白眼说："这个俗物又来扫我们兴（俗物已复来败人意）！"王戎微笑着回了句："你们的兴致就这么容易被败坏吗（卿辈意亦复可败邪）？"一个"尴尬而不失礼貌的微笑"，算是给自己找了个台阶下。

阮籍为什么骂王戎是俗物呢？这并非像现代人朋友之间开玩笑互损互黑，王戎在当时的确是"俗名满天下"。

魏晋人忌俗尚雅，登峰造极。尚雅的一个重要体现就是超然物外、淡泊名利。王戎的堂弟王衍为了显示自己高雅，就坚决口不称钱，被一堆钱埋了只大喊快把这堆"阿堵物"搬走，这个秀显然过火了点。但王戎却又走到了另一个极端——他对钱实在是爱得深沉，简直到了痴迷的地步。

何以见得？《世说新语》专设"俭啬"篇，记录当时有名的悭吝言行，一共九则，却只记录了六个著名的吝啬鬼，为什么？因为王戎一个人就独占四则！

王戎吝啬到何种程度呢？身为巨富，遇亲侄子结婚，他只送一件单衣，本来已经寒酸得拿不出手了，可他过后竟然厚着老脸又要回去了。女儿出嫁后跟他借了几万钱，回娘家后，王戎脸色就很难看。做女儿的哪里不清楚父亲的脾气？于是赶紧把钱还上，王戎这下才感到舒坦了，还了钱还是亲父女。王戎家种了不少李子树，因为品种好能卖出高价，为了怕别人得到他家李子的良种，他总要先把李子核钻破再卖。出身豪族，再加敛财有方，王戎很快成为洛阳首富，豪宅奴仆如云，良田资财无数。他最喜欢做的事儿就是和夫人在灯下摆开牙筹算钱——这情形，是不是立刻让你想起法国巴尔扎克笔下在灯下把玩金子的葛朗台？只是，竹林里来了位"葛朗台"，这样强烈的"反差萌"，也实在让人哭笑不得。

问题是，嗜财如命的"葛朗台"怎么就混进了魏晋第一名士圈呢？

圈子不同，不必强融。那么反过来，王戎能融进"竹林七贤"名士圈，自然也有他不同凡俗的一面。《世说新语》中一共有 40 多则文字记录王戎的言行举止。极富意味的是，同一位王戎，在"德行""雅量""赏誉"和"俭啬""纰漏""惑溺"这两类雅俗殊途、褒贬相对的剧情中，同时扮演着主角。

就是上面那个大俗物王戎，雅事竟也不少。比如他 7 岁时，有一次在宣武场上看老虎，老虎攀到栏杆上怒吼，周围人吓得惊慌逃散，只有小王戎镇定如常，了无惧色。魏明帝曹叡在阁上看见后，称赞王戎是奇童。还是在这一年，王戎"与诸小儿游，看道边李树多子折枝，诸儿竞走取之，唯戎不动"。人问之，王戎答曰："树在道边而多子，此李必苦。"众人验证之后，果然如此。

这两件事，前一事见猛兽而不惧，雅得有胆量；后一事见利而不盲从，雅得有机巧。这足以说明王戎早慧，小小年纪就善于冷静观察，逻辑思维缜密。而这一优点到他成年时更被放大，他后来成为当世一流的玄学清谈家，不仅辩才无碍、谈锋甚健，而且还以精辟的品评与识鉴著称。阮籍早年其实也是很欣赏他的，曾对王戎的父亲王浑说："濬冲清赏，非卿伦也。共卿言，不如共阿戎谈。"

还是这个对自己亲女儿都锱铢必较的王戎，也有很重情义的一面。他重亲情，是有名的孝子，丁母忧，"容貌毁悴"；失爱子，"过伤痛"，悲不自胜。人家劝他不必太悲伤，他说："圣人忘情，最下不及情；情之所钟，正在我辈！"圣人超凡脱俗不为情扰，最底层的人扰于世事顾不上有情，能够钟情的正是我们这样的人。真是闻者落泪听者伤心啊，朋友也跟着悲伤起来。王戎夫妻感情深厚，妻子总以"卿"来称呼他，

"卿卿我我"就从他这儿来的。他重友情，年轻时竹林同游，垂暮之年常忆竹林旧友，故地重游不禁慨叹"邈若山河"。

既能"清赏"又是"俗物"，既能干出"钻核卖李"此类不近情理之事，也能说出"情之所钟"这等至情至性之言，既是"烛下散筹算计"的土财主又是"超超玄著"的大名士——王戎就是这么一个极其矛盾、雅俗同体的奇葩！

那大家不妨评一评，他到底算是雅士还是俗物呢？千百年来，其实都有人为此争论不休。不少学术名家认为吝啬是其本性，慷慨重情是其伪装，王戎不过是为了沽名钓誉、自抬身价，跻身名士圈。也有人认为，王戎的本性是慷慨重情，而吝啬则是一种无奈伪装，这是他的乱世障眼法，只为韬晦自保。

细细想来，这种种行状怎么会是伪装呢？将心比心，怀念故友固然是人之常情，痛失爱子的悲痛更是真切，卿卿我我的夫妻之情也是做不了假的。然而，吝啬也是真吝啬，不辞劳苦地灯下算钱，这也未免太入戏。大家争论不休没个结论，实际上不过是陷入了一种非雅即俗、非黑即白的偏见，以为竹林名士便不食人间烟火，守财奴就必定猪油蒙心。而实际上，既雅且俗，雅俗同体，"自古而观，岂一王戎也哉！"

我们以为雅和俗泾渭分明，就像水和油一样不相融，殊不知雅俗常常水乳交融、难解难分。魏晋是一个充满政治阴谋、奢靡物欲、残酷斗争、人事倾轧的俗世名利场，却又是一个名士辈出、遍地风流、至情至性、超凡脱俗的黄金时代。魏晋就像个万花筒，照出了雅与俗的万千幻象。

很多人像王戎一样，既雅且俗。有人言雅行俗。比如东晋时的殷浩，官居中军高位时曾说："官本是腐臭，所以将得而梦棺尸；财本是粪土，所以将得而梦秽污。"这话听起来淡泊名利、超凡脱俗。可是后来他因事被削官为民，却对丢官始终耿耿于怀意难平。他口诵佛经却心系官场，终日在空中写四个字"咄咄怪事"。

有人文雅人俗。美男子潘岳对妻子杨氏极为深情，妻子死后，他写的几首悼亡诗感情深沉，文辞优美，开悼亡诗之先河。可是你很难想象，同是这位潘岳，有一次在街上看到权贵贾谧的车驾，竟然老远就望尘而拜。如此伏低做小谄事权贵，姿势也是太难看。更极端的例子，石崇也写得一手好文章，但他的名字却是以近乎变态地奢靡斗富而千古流传。如果斗富还只是俗，那他早年杀人越货、打劫敛财的行径那就直接是"丑"与"恶"了。

有人面雅心俗。有人对己求雅，待人显俗。有人反过来，接人待物高雅，自己却落入俗套。王羲之的儿子王徽之是出了名的风雅。有一次夜里下大雪，他半夜醒来打开窗户，看见雪夜皎洁、银装素裹，于是起身徘徊流连。忽然想到远在剡县的朋友戴逵，他即刻连夜乘小船前往。冒雪行舟，一夜才到，到了戴逵家门前却又转身返回。有人问他为何，他说："吾本乘兴而行，兴尽而返，何必见戴！"雪夜访戴，乘兴而行，兴尽而返，何等潇洒不羁、飘然出尘！可就是这样的王徽之，竟然也有很俗气的一面。郗愔的儿子郗超有名有势，他和弟弟王献之以前见到舅舅郗愔，毕恭毕敬，十分有礼。后来等到郗超一死，王徽之兄弟俩态度立刻来了个180度大转弯，对舅舅郗愔态度轻慢得很。郗愔叫他们坐，兄弟俩都说"有事不暇坐"，气得郗愔直骂他们是鼠辈。对自己舅舅也这一副拜高踩低的嘴脸，可以说是相当世俗了。这和那个兴之所至雪夜访友的雅士，真的是同一个人吗？

还有更多的人，求雅反俗。魏晋名士是"雅"的代表，试问谁人不想做名士呢？于是大家都学名士的样子，狂饮烂醉，怪诞癫狂，颓废放纵，标新立异。可是画虎不成反类犬，只学了这些蓬头垢面、赤身裸体、不洗澡、抓虱子的表面做派，却不能得其神韵精髓，心里是一肚子功名利禄，倒是把"名士"的名号叫滥了，只觉虚伪做作、装腔作势，反而成了最大的庸俗。

所以到后来，东晋的王孝伯竟然给"名士"下了这么个定义：

> 名士不必须奇才，但使常得无事，痛饮酒，熟读《离骚》，便可称名士。

名士的标准如此断崖式下降，成为众皆求雅反倒俗的一个例证。

后来那些为了风度而风度的"伪名士"，才学思想不咋地，各种做派装模作样端起来，反显得鄙俗不堪。当众脱衣裸奔，与猪同槽共饮，举止荒唐却以"放达"来自我标榜，这还是小事；尸位素餐，当官以不干事儿为荣，终日空谈却以闲适风流自诩，那就真的要误国殃民了。

因此之故，到了后来，"名士"几乎变成了骂人的话。就像今天的许多词儿就是这样被毁掉的。比如，美女、才女、精英、文艺，本都是多么令人神往的好词儿，后来因为用得太多太滥，反成烂俗。

同理，城里开咖啡馆、辞职去西藏、丽江开客栈、骑行318，原本是少数人洒脱率真之举，代表着超越世俗、自由不羁的灵魂，何其雅也？可是，一旦它们被贴上"雅"的标签，

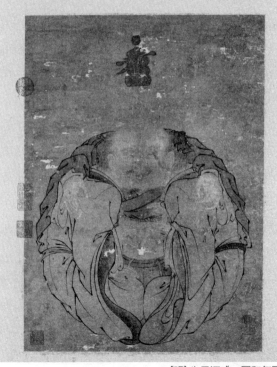

[明] 朱见深《一团和气图》

（图中三人分别为陶渊明、陆修静与慧远法师，代表儒道佛三家）

便有乌泱泱的人盲从跟风，以为来这么一遭便雅了，最后终于堕落为"新四大俗"。这让人不由得想起吴敬梓在《儒林外史》里讽刺那些喜欢附庸风雅的人——"雅得这样俗"。

回想魏晋中人，想做名士，先得要雅。然而若无世俗的门第、官职、财产、地位，又如何雅得起来？或许也只能像潘岳一样攀附权贵，巴结谄谀，以俗夫的手段一步步跻身雅士之列。常常是未成雅士，先成俗物。而那些豪门大族之后，虽然不用以俗求雅，但在乱世之中要想守住名士的身份地位，也少不得要费尽苦心，用上各种世俗手段与权贵周旋。欲雅先俗，舍俗难雅，求雅反俗……雅跟俗之间就这么划着怪圈，形成悖论。

而在千年之后的我们，也跟魏晋人一样，生于这尘世，都要面对柴米油盐，都丢不开七情六欲，每个人都不能免俗。纯而又纯的"雅"，只不过是拔着自己头发离开地面的神话。所以，你含着金汤匙出身，生出来就不用为生计操心，可以天天轻松优雅地喝咖啡，却嘲笑寒门青年天天加班处处讨好，奋斗姿势太难看？这是一种怎样的无知和浅薄啊。

嵇康在临死前索琴弹奏一曲广陵绝响，固然以生命成就了雅的审美，但他就算光着膀子打铁也是雅的。陶渊明在乡下担粪也是雅的。他以高超的审美，在平常的鸡犬桑麻、粗粝的乡间农事中体验归园田居的真趣。他们俗得这样雅，说到底，雅俗只存乎一心。天天写字作画玩摄影的艺术家，终日在名利圈里打转，只想着削尖脑袋钻营炒作，终是俗物。年复一年忙着工作的普通人，能在一粥一饭一器一皿里发现日常之美，未必不是雅人深致。

你看，竹林里来了位"葛朗台"，魏晋这大雅大俗的世相，犹如一面多棱镜，照见了我们现时代的众生百态。

千年"京漂"，同此凉热

年轻人梦想总是要有的，万一实现了呢？这个道理古今都一样。所以，为了实现梦想，现在年轻人们都喜欢去北（京）上（海）广（州）奋斗，去当"北漂""上漂"和"广漂"。魏晋时代，年轻人们也都要背井离乡去当"京漂"。只不过，魏晋时情况有点复杂，京城先在洛阳，到东晋时又迁到建康，这样要去"漂"的年轻人就更多了。

陆机就是一位著名的"京漂"，体验过"京漂"族的各种酸甜苦辣。他爷爷本是孙吴丞相陆逊，父亲陆抗也官至大司马。他原本应该是东吴"京城四少"一类的角色，何况本人又"少有奇才，文章冠世"，根本不需要"漂"的。可偏偏时运不济啊，他 20 岁的时候孙吴被晋给灭了，陆家惨遭兵祸，陆机一下子从王孙公子沦为"亡国之余"，据说亡国之初还当过一阵俘虏，后来好不容易被放回来。放回来了，这年纪轻轻日子总得继续过，怎么办呢？陆机一开始也并没有去"漂"，而是在故乡郊外的华亭别墅隐居了十年。十年里，陆机在华亭伴清泉茂林，闻鹤唳风啸，闭门读书，作文赋诗，十分风雅自在，并且还很有成果。这时期写的《文赋》《辩亡论》等，不仅令他当时就名满天下，"三张二陆两潘一左"并称于世，而且让他还作为"西晋著名文学家"流芳百世。唐太宗李世民就盛赞陆机，说他"百代文宗，一人而已"。

　　30岁前就取得了这样的成就，怎么也算人生赢家了吧，要搁现在直接知识变现，轻松实现财务自由，足以潇潇洒洒去环游世界了。可陆机很拧巴，他偏不这么想！那时候的读书人都很拧巴，他们都不这么想！在他们看来，文章写得再好，那都是"小道末技"，只有出仕做官、治国平天下才是读书人的终极追求，才能实现人生理想，光耀祖宗门楣。就像南朝文论家刘勰在《文心雕龙》中所说"安有丈夫学文，而不达于政事哉"？

　　陆机也是这么想的。所以在隐居十年后，他还是和弟弟陆云一起渡江到洛阳去做官，开启了"京漂"生涯。虽然是名门之后，可他们的待遇并没有比一般"京漂"好多少，个中辛酸跟今天是一样一样儿的。比如他们受到了歧视。"二陆"入洛后，西晋太常张华曾得意地对人说"平吴之利，在获二俊"。这话看似褒扬，其实是把"二陆"视作"高级俘虏"，个中滋味，陆机自然是冷暖自知。这还不算过分的。张华本人是大文学家，好歹还识才爱才，碰上那些傲慢骄横的权贵子弟，说出来的话就更难听了。西晋贵族卢志就不怀好意地问陆机："陆逊、陆抗是君何物"（陆逊、陆抗算是你的什么东西）？当面说人家祖父、父亲的名讳，这等同于当面羞辱，况且将人比作物更属无礼，陆机自然极其愤怒不能容忍。他毫不迟疑地回击："那就问问卢毓、卢珽是你的什么东西！"陆机的弟弟陆云闻言大惊失色，对兄长说，他可能是不知道吧，你何必这样针锋相对呢。陆机正色说道："我们祖父、父亲都是天下闻名，他怎么会不知道？这个兔崽子竟敢如此放肆！"

精神煎熬是一方面，陆机还遇到了"京漂"族的千古难题——买不起房。"二陆"入洛时，"船装甚盛"，带了很多行李，这说明家道颇为殷实，瘦死的骆驼比马大，落魄王孙好歹也是王孙嘛。但是物离乡贵、人离乡贱，他们到洛阳后生活就很窘迫了。《世说新语·赏誉》里说："蔡司徒在洛，见陆机兄弟住参佐廨中，三间瓦屋，士龙住东头，士衡住西头。"按照当时南方习俗，兄弟长成后就要分居，官员们更是有大宅院住。可陆家兄弟来到洛阳，两家挤在分配给僚佐公用宿舍的三间房里，其窘迫之状可见一斑。

这买不起房的困窘，唐朝"京漂"白居易领受过，他自己写诗"游宦京都二十春，贫中无处可安贫。长羡蜗牛犹有舍，不如硕鼠解藏身"。在京城混了20年啊，蜗牛有壳，老鼠有洞，我却没房，一纸哀怨喷薄而出。同为"京漂"的杜甫，在大唐长安生活十年，连温饱都成问题，更不用奢望买房了。后来好不容易在离长安200多里的奉先县署公舍里把家眷安顿下来，这相当于住在保定到北京上班，比住燕郊的人还辛酸。宋朝"京漂"欧阳修，身为文坛领袖，却只能租住在污水横流、鱼龙混杂的街区，也是写诗哀叹"嗟我来京师，庇身无弊庐"。被欧阳修提拔的文坛大咖苏轼，买房是他一生的痛，辗转到老也没有属于自己的宅子，京城买房一直是遥不可及的梦。

这话题扯远了，再来说说陆机。就算他千里迢迢进京做官志不在买房吧，单来看看他的仕途，也是相当坎坷。他本是名门之后，又怀一身才华，自然是高傲自负、慷慨任气的，所以面对卢志的羞辱他毫不犹豫地进行反击。可是身为"京漂"，要来求官，还得违心地放低姿态。后来为了仕途他不得不向权贵折腰，削尖脑袋努力钻营。史书说他"好游权门"，终于跻身贾谧的"二十四友",却又因此"以进趣获讥"。被人讥讽就讥讽吧,可不幸当时政局诡谲。贾谧倒台后,陆机又辗转在"八王之乱"的司马伦、司马颖手下做官,后来率军讨伐长沙王司马乂,大败后遭卢志谗言陷害,被杀于河桥。这一年,陆机才42岁。最令人唏嘘的是,临刑前,陆机又想起故乡由拳县郊的清泉茂林,他哀叹道:"欲闻华亭鹤鸣,可复得乎?"

其实,陆机并非直到临死前才想起故乡的"华亭鹤鸣"。自他入洛到惨死的14年间,思归之情从未止息。他在洛阳写的《怀土赋》《思归赋》《吴趋行》等皆属思乡之作。然而,同为吴郡名士的顾荣在离洛归乡前,也曾劝陆机返回东吴,陆机却拒绝了。虽然仕途不遂人意,他强烈的功业之心却无法止息,他仍渴望为梦想而奋斗,只是想不到奋斗得到的是这样一个结局。欲仕而不得,欲隐而不甘,陆机的悲剧是一个"京漂"的隐喻,更是一个关于"仕隐"的千年围城。

其实历代读书人,都有两大人生选择——出仕、隐逸。《世说新语》将这两途都写得很美,所谓入则"端委庙堂",出则"萧条方外"。是驰骋沙场、遨游宦海,做军国栋梁?还是竹林长啸、采菊南山,当飘然隐士?这两种选择,看似两可,实则两难,每个人都徘徊其中,举步维艰。

198

魏晋时，"隐逸"成为一种相对主流（与其他朝代相比）的选择。一方面，儒家礼教决堤，玄学思潮盛行，人们不慕仲尼慕庄周，愈加推崇超然物外、隐逸淡泊的名士。另一方面，200年的魏晋史出现频率最多的一个字就是"杀"：曹氏杀出了一个魏，司马氏杀出了两个晋，仅一个"高平陵政变"就杀得"天下名士减半"。惨烈的屠戮制造了一长串让人心惊肉跳的"死亡名单"，很多名流士族被卷入政治斗争而死于非命，这自然使得越来越多的人向往隐居遁世，避祸保命。

比如"竹林七贤"啸聚林下，比如陶渊明辞官归田园。又比如同属吴郡顾、陆、朱、张四大名门子弟的张翰，当年也和陆机一样入洛求官，当了齐王的东曹掾。后来张翰看到秋风起，不禁思念起吴中的莼菜羹、鲈鱼脍，于是就辞官回江南了。他说："人生贵得适意尔，何能羁宦数千里以要名爵！"

阮籍虽然迫于高压做了司马氏的官，但只因步兵厨中有300斛好酒，他就主动要求去做步兵校尉，到任后完全不理政事，而是叫上刘伶整日一起对付好酒，酒一喝完便离任而去。这明显摆出消极对抗的姿态。在波谲云诡的政局中，他总是以酣醉的办法避祸。司马昭数次同他谈话，阮籍总是发言玄远，口不臧否人物。有一次，司马昭想与阮籍联姻，阮籍竟大醉60天，使事情无法进行，司马昭无可奈何，只得作罢。连司马昭都知道，阮籍饮酒佯狂看似至狂，实则至慎，他这是在酒中隐逸。

如果真的都能这般淡泊，那魏晋人就不会这么痛苦了，陆机也不会这么纠结了。远离官场，远离权贵，回到故乡郊外，就能远灾避祸，求得一张安静的书桌该有多好。可问题是，即便魏晋玄学已经发展到空前的地步，可士人们还是无法遏制心底对庙堂的热切渴望。即便是作为魏晋风度代表的"竹林七贤"，也至少有"三贤半"未能抵御官本位的诱惑，山涛、王戎去做高官就不必说了，向秀本来有拔俗之韵，常与嵇康一起打铁，与吕安一起浇园，好一位超然物外、怡然自得的隐士！可这位隐士到底有些羡慕功名富贵。他作《难养生论》，说"崇高莫大于富贵"，"富于贵，是人之所欲也"。后来嵇康遇害之后，向秀很快就走出竹林，做了司马氏的官。

殷浩官居高位时，曾姿态很清高地说"官本是腐臭，财本是粪土"。可后来横遭废黜，他又成天愤懑难平，终日书空作四字"咄咄怪事"。东晋的邓遐一直随桓温打仗，做官做到竟陵太守，后来因事被免官，心怀戚戚。桓温见之，问他："卿何以更瘦？"邓遐回答说："我有愧于叔达，不能不恨于破甑。"他说的叔达本来有个典故，是说东汉的孟敏（字叔达）有一天挑了一担瓦甑去市场，不小心掉地上摔碎了，孟敏看

张翰字季鹰吴郡人有
清才善属文而纵任不拘
时人号之为江东步兵后
谓同郡顾荣曰天下纷纭
祸难未已夫有四海之名者
求退良难吾本山林间人
无望于时子善以明防前
以智虑后荣执其手怆然
张翰见秋风起乃思吴中
菰菜鲈鱼脍遂命驾而归

[唐] 欧阳询《张翰帖》

都不看，径直而去。旁人问他："你的甑摔碎了，你怎么看都不看？"孟敏回答说："既然已经破了，看有什么用？"邓遐借此绕了一个大弯，其实是对桓温发牢骚：人家甑破了可以径直不顾，可官职丢了我是耿耿于怀的啊！

邓遐的"破甑之恨"可谓深矣。可见魏晋人超凡脱俗向往隐逸，更多的是停留在口头上。他们的心态，他们的行为，依然处于"官本位"的阴影之中，这跟历朝历代的读书人并没有什么两样。

最著名的例子莫过于曹植了。他的文才那么惊天动地，七步成诗，才华横溢，"天下才有一石，曹子建独占八斗"。他绝对称得上是第一流的诗人，但不具备政治家的素质。可曹植偏偏不想当一个清贵的诗人，也没怎么拿自己的诗才当回事，他心心念念的毕生梦想就是"庶几戮力上国，流惠下民，建永世之业，流金石之功"。所以他赌上性命也要跟曹丕争储。争储失败后，他遭到各种残酷的政治迫害，杀机四伏，朝不保夕，生活无着，连穿衣吃饭都成了问题，可曹植还是功业之心未泯，依然几次三番上书，希望能重新回到政治权力中心。本有高志大才的皇族贵胄，却自喻为"弃女""贱妾"而哀哀相告："愿为西南风，长逝入君怀。君怀良不开，贱妾当何依？"

比起曹植，谢安应该算是幸运得多了。他在东山隐居时，呼朋唤友，携妓同游，纵情山水，隐居也隐成了天下大名士。到他 40 岁那年，弟弟谢万被免去官职。为了重振谢氏门第，谢安复萌仕进之心，又到征西大将军桓温门下出任司马，此后一直做到了东晋丞相。可即便是这样能退能进、退进自如的牛人，心中却也没有真正安宁过。某日，谢安在桓温家，恰好有人送来药草，其中有一种名叫"远志"。桓温便问谢安：此种药草又名"小草"，为何一草而有二名？当时在场的郝隆故意抢答："此解甚易：处则为远志，出则为小草。"（《世说新语》）

很明显，郝隆这话一语双关，讥讽谢安隐居山林有远志，出来做官就成了小草。问题的关键是，谢安听了这话没有怼回去，而是"甚有愧色"。可见当时徘徊去就的人不仅会遭他人讥讽，而且自己内心也难免煎熬。

风雅脱俗、肆意酣畅的竹林，以它的淡泊宁静、艺术审美，吸引着庙堂内的官宦，他们企慕，想进去；朱门红墙、高高在上的庙堂，以它的威严权势、厚重名利，吸引着方外的士人们，他们向往，想进去。所以，已经身在朝堂的官员，反要向往山林隐逸，思乡便归；原本清高玄远的名士，却不得不巴结权贵、望尘而拜。或进或出，或去或就，或隐或仕，他们总是在这个千年绕不开的围城里打转，心态矛盾，人生苦闷。

今天的年轻人又何尝摆脱过这个围城呢？"仕"与"隐"的矛盾转化为两难困境：是要成功还是要生活？是继续留在"北上广"奋斗，还是回到故乡安放青春？苦苦奋斗的年轻人被一线城市过高的房价、惨烈的竞争逼得逃离"北上广"，或者回故乡小城生活，或者去大理开民宿客栈，又或者去乡下改造文艺小院，可逃回去后发现那里也并非世外桃源，于是又逃回"北上广"。张翰说，人生贵得适意耳。可进退两难之间，又哪里有人生的"适意"之所呢？

或许当我们今天为人生选择徘徊焦虑之时，不妨多读读历史。不要着急，用千年的尺度来衡量，这辛酸的苦痛，已经是一场贯穿千年的持续阵痛，是中国人与生俱来的心灵胎记。历史虽已天翻地覆，但在这个特殊的心灵层面上，古往今来，同此凉热。

当奢靡成为风靡

　　关于古罗马的衰亡，有一种说法，叫做"丝绸亡国论"。质料柔软、流光溢彩的中国丝绸，与欧洲人惯穿的毛呢和亚麻，有如云泥之别，罗马人一见了就视为无上珍品。自皇帝以下，贵族男女竞相穿着丝绸衣袍以显示其身份，以至飚升到了12两黄金才能买1磅丝绸的天价。据说罗马每年要用相当于今天2 000万美元的黄金来购买丝绸，这让其经济不堪重负而面临崩溃。罗马元老院多次通过禁穿丝绸的法令，但屡禁不止。以至一些历史学家认为，罗马帝国衰亡的原因之一，就是过分追求丝绸这一奢侈品。

　　想不到这轻盈华丽的丝绸，比船坚炮利、洪水猛兽还要厉害，竟能使一个庞大的帝国迅速衰落走向灭亡。"丝绸亡国论"究竟有多大的道理，这个我没研读过罗马史，不敢妄言。

但倘若说中国有一个大一统的王朝，因奢靡而导致灭亡，只存在了短短的 51 年，我倒以为是大致可信的。这个王朝，就是司马氏的西晋。

说到西晋的奢靡，知名度最高的，莫过于石崇的斗富，像蜡烛当柴烧，锦绵作步障，花椒刷墙壁，如意击珊瑚，厕所如内室，敬酒杀美人，那都是我们耳熟能详的事。但既是"斗富"，自然不可能是他一个人玩，总得有相同数量级的富豪跟他一起斗，还得有一批好事者组局、助兴、叫好、起哄乃至出手相助（比如晋武帝就暗助他的舅舅王恺），这才可以斗出趣味斗出豪气，斗出胜利者的不可一世和失败者的恍然若失。所以石崇的斗富，不会是一个首富闲得无聊的自娱自乐，必定是社会大潮中的一朵浪花。

事实也正是如此。当时奢靡程度不下于石崇的，比比皆是。比如何曾，官至太尉，他最为人知的一件事，就是当面痛斥竹林名士阮籍醉酒，指责其"伤风败俗"，还一本正经地要求司马昭严惩。即便这样一位名教"嘴炮"，其个人生活也是"性奢豪，务在华侈"。他家厨房里做出的菜，比皇宫里的还要好，以至每次到朝廷议事，御厨做的"工作餐"他都吃不惯，晋武帝特许他从家里带来。何曾吃的蒸饼，如果上面裂开的花纹不是一个"十"字样，他是不吃的，比孔夫子吃肉时"割不正不食"牛气多了。他一天的"伙食费"高达一万钱，超过常人的半年粮。但即使这样，他还常常抱怨"无下箸处"，这么差的菜，叫我这筷子往哪伸啊？何曾儿子何劭"骄奢简贵，亦有父风"，而且在继承中有发展，比他父亲更上一层楼。他父亲是日食万钱，他呢，"食必尽四珍异，一日之以钱二万为限"。好家伙，翻了一番！当时都说这何家吃的，"太官御膳，无以加之"，生生把皇帝的风头压了下去。还有一个王济，是司马昭的女婿，也是当时的名士。王济爱马成癖，就在寸土寸金的京城洛阳市中心，圈地搞了一个驰射场，专门用于跑马射箭。这驰射场内，以金钱铺地，一眼看去，全是金光大道，号称"金沟"。一日，晋武帝司马炎到这小舅子家吃饭，"供馔甚丰"是不用说了。所有的菜肴还都是放在玻璃器皿中——别说你家里也有，那是现在，晋代的玻璃可比黄金、宝石贵重多了。其中的一味蒸乳猪，味道特别的鲜美，晋武帝不禁好奇心起，问王济是如何做出来的。王济轻描淡写地说，也没啥，就是这小猪是用人奶蒸出来的。晋武帝只能是叹为观止。还有一位羊琇，是名将羊祜的堂弟，他家里用来温酒的木炭，是把炭磨成粉末，然后再重新塑成一只只小兽的模样。温酒时，火势既猛，小兽会开口向人，蔚为奇观。如此别出心裁，"洛下豪贵咸竞效之"。羊琇温酒还有"一绝"：他命人抱瓮温酒，并接连换人保持瓮中酒温，以至有了"抱瓮酿"这个词。其他如王濟、贾谧、刘琨、王恺、王浑等等，皆以豪奢著称，领导着奢靡的新潮流。

有道是"富贵不归故乡，如衣锦夜行"，有了钱一个人关在家里吃，没人知道，那岂不白瞎了。于是，宴饮就成了又一种流行。宴饮当然不是光喝酒，还得有歌舞，还得有美人，还得有各种新奇好玩的游戏。比如羊琇，他的宴会，就是"以夜继昼，无复男女之别"；王济的宴会，"婢子百余人，皆绫罗绮繻，以手擎饮食"。当时最有名的一次宴饮，是晋武帝的舅舅王恺，请的是司徒王导和大将军王敦。王恺让女伎吹笛助兴，倘若稍有失音，王恺立即把这女伎拉出去杀了。王恺还让美人出来劝酒，倘若客人不尽饮杯中酒，他也把这美人杀了。美人劝酒挨个劝到王导、王敦这里时，不善饮酒的王导怕美人被杀，"勉强尽觞"，而王敦故意不肯饮，美人"悲惧失色"，王敦则傲然不视。《晋书》中的这一段传奇，《世说新语》却把它安在了石崇身上，说石崇已连斩三个美人，王敦还是心不变色心不跳，并且说"自杀伊家人，何预卿事"？他杀他家里的人，关客人什么事？令人惊讶的是，王敦不是说石崇（王恺）残忍或者犯法，而是说"自杀伊家人"。美人在这里不再是人，而是行酒助兴的一个器具，就像花瓶之类。客人不满意，主人就摔一个花瓶，以示阔气，摔得起。王敦的意思是，他摔他家的花瓶，有钱任性，就让他摔好了。

所谓饮食男女，"食色性也"，伴随着饮食上的奢侈，必然是无节制的纵欲。当时的豪门贵族无不广蓄美女，纵情声色。他们在聚会时，"所论极于声色，举口不逾绮襦之侧，游步不去势利酒客之门"。石崇有"后房百数"；大将苟晞"奴婢数千人，侍妾数十，终日累夜不出户庭"。而在晋惠帝的元康年间（291—299），甚至到了"贵游子弟相与为散发倮身之饮，对弄婢妾。逆之者伤好，非之者负讥"，披头散发，赤向裸体，一起喝酒作乐，玩弄婢妾，比现代的嬉皮士还要堕落。在这样的风气之下，甚至连贵族妇女也不甘"落后"。比如晋惠帝的贾皇后，就喜欢让人把美貌男子诱骗过来，恣意寻欢后，将其处死。堂堂皇后而行如此龌龊之事，几千年历史大概也就仅此一人吧。

贵族大臣如此，做皇帝的难道不管不问，不下道诏书刹一刹享乐主义、奢靡之风？说实话，还真没有。道理很简单，做皇帝的也是如此。

《晋书》说晋武帝司马炎"怠于政术，耽于游宴"。自己大吃大喝倒也罢了，他还送了一根珊瑚给王恺，助他与石崇斗富，这在众人看来，无异是对奢靡之风的鼓励和纵容。晋武帝的荒淫好色，更是显出了一个大一统帝国皇帝的"气魄"。泰始九年（273），他竟然下令全国禁止婚嫁，因为皇帝要在全国挑选美女，在他晋武帝挑好之前，谁也不许嫁人。挑完了美女，他又顺手把吴主孙皓宫中的五千嫔妃宫女照单全收。如此一来，晋武帝的后宫达到了创纪录的近万人。美女太多，晚上睡在哪里就成了一个烦恼。于是他就想出了一个颇具创意的办法，就是坐在羊车上，在宫中随意走动，羊车在哪个门前停下来了，他就临幸哪个妃子。嫔妃们为了让皇帝"幸"上一回，就在门前插上竹枝，洒上盐水，把羊车吸引过来。"羊车望幸"这个成语就是这么来的。

其实，即使晋武帝不想这样的"率先垂范"，而是下定决心严肃查办，他也是查办不了的。因为，贵族大臣们的奢靡，是有"制度保证"的。所谓"上品无寒门，下品无士族"，门阀制度的法律化，"九品中正制"成为选拔官员的基本途径。一个高门士族的子弟，十七八岁一出道，做的就是黄门郎、秘书郎这样清贵的官，然后就是"平流进取，坐致公卿"，不用做什么事立什么功，随大流地就不断升迁，做高官是指日可待的事，甚至有30多岁就官居二品三品的，以至当时有了"黑头公"的说法，头发还没白一根，就位居三公这样的大官。在这样的制度设计下，皇亲国戚或勋臣之后，天生就拥有权势，基本没有失去权势的危险性，而且根本不需要在道德上能力上对自己提出什么严格的要求，言行几乎可以不考虑后果，肆无忌惮，那谁还会有建功立业的志向和献身理想的热情呢？反正吃喝玩乐、文恬武嬉，也是官照升钱照拿，谁要是勤于公事，刻苦自律，那简直就是个大傻瓜。在这样的政治氛围下，大家不是比谁有能力谁有品行，而是比谁更奢侈更糜烂。别人是禽兽，自己非要禽兽不如，否则就很委屈，像吃了亏似的。

那么，这样的散漫花钱、胡吃海喝，就不怕坐吃山空把家业败光吗？不怕，因为这也是有"制度保证"的。晋武帝在平吴的同时，颁布了"占田法"，官员按照品秩的高低，可以占有田地和劳力。比如第一品就可以占地 50 顷，佃户 50 户，第二品占田 45 顷，佃户也是 50 户，即使是第九品的芝麻官，也可占田十顷，佃户一户。而实际上，世家大族仗着势力，大肆占田占户，所拥有的土地、佃户大大高出国家的规定，个个都富得流油，吃喝玩乐根本不在话下。更有甚者，贵族大臣们还拥有一个"源头活水"，那就是卖官。西晋的买官卖官，基本上就是朝野都认可的"潜规则"。这些高官们卖的是政府资源，中饱的却是个人私囊。这种一转手就得到的快钱大钱，要不"浪"上一把，简直就是对不起自己。

然而，出来混总是要还的。当奢靡成为风靡，大小官员全都陷入迷乱和疯狂之中，整个社会就离崩溃不远了。消费的无节制膨胀，必然会导致经济危机的爆发。古代的生产力水平本来就不是太高，再加上许多底层百姓成了权贵们的奴婢，成为上流社会享乐的附属品，并不能转化为现实的劳动力。同时，大量的社会财富被挥霍，没有多余的生产品再用于生产领域，也就不可能进行扩大再生产。长此以往，对国力必定是极大的损耗。御史中丞傅咸上书说："古者人稠地狭而有储蓄，由于节也；今则土广人稀而患不足，由于奢也。"建国不久的西晋已感到"不足"，可见奢侈影响到经济发展，已经是很明显了。

奢靡的风行，必定会带来对金钱的崇拜。《钱神论》这样的奇文出现在西晋，当不是偶然的。实际上，鲁褒所说的"钱多者居前，钱少者居后；处前者为君长，处后者为奴仆"，正是当时社会的真实写照。"军无财，士不来；军无赏，士不往"，这本是曹操注释《孙子兵法》中的一句话，却成了西晋时的流行语。当时还有一则谚语曰"钱无耳，可使鬼"，或许正是现在所说的"有钱能使鬼推磨"的出典吧。在这样的风气下，各级官员贪污受贿、以权谋私成了必然的事。时人王

[明] 文徵明《兰亭修禊图》(局部)

沈在《注释论》中说："京邑翼翼，群士千亿，奔集势门，求官买职"，说天下的士子都来京城买官了。以致当时一个叫刘毅的官员，竟会当着面指责晋武帝司马炎"陛下卖官，钱入私门"，可见严重到了何等的地步。

西晋的政治道德和社会风气，可说是历朝历代中最差的。奢靡的盛行，是一个极其重要的原因。小说家干宝在《晋纪总论》中说当时是"内外混淆，庶官失才，名实反错，天网解纽"，"树立失权，托付非才，四维不张，而苟且之政多也"，朝纲政纪已是一塌糊涂。官场上是"朝寡纯德之士"，社会上是"乡无不二之老"，道德无底线，游戏无规则，到处乌烟瘴气。《晋书》对这一时代的评价是，整个社会"纲纪大坏"，买官卖官堂而皇之（"货赂公行"），有权有势者横行霸道，奸佞小人趾高气扬，而忠臣贤士都已经死绝了（"势位之家，以贵陵物，忠贤路绝，谗邪得志"），天下竟成了一个权钱交易的大市场。

这样的朝代不灭亡，那真是没有天理了。于是，从"斗富"开始，然后是疯狂的斗权和夺利。先是外戚与外戚之间的角力，然后是外戚与诸王之间的较量，最后是诸王之间的兄弟阋墙、同姓相残。先是政治宫斗和阴谋诡计，最后是直接诉诸武力，大打出手。"八王之乱"把中原大地变成一个大战场。当内斗不可开交的时候，北方的游牧民族来了致命的一击。于是，一个只建立了几十年，本该进入盛世的大一统王朝，一下子分崩离析，猝然倒下。东晋丞相王导在论及西晋之亡时说："自魏氏以来，迄于太康之际，公卿世族，豪侈相高；政教陵迟，不遵法度；群公卿士，皆餍于安息。遂使人乘衅，有亏至道。"把西晋的灭亡归结到了奢侈上，确是一针见血。

马克思在《政治经济学批判》中说："古代国家灭亡的标志不是生产过剩，而是达到骇人听闻和荒诞无稽程度的消费过度和疯狂的消费。"我想，马克思应该没有读过《晋书》，但马克思的这句话正是对西晋王朝昙花一现的内因的最好总结。

无"毒"不丈夫

散步，毫无疑问是现今最平民最家常的一种活动了。公园里、绿道上，随处可见悠闲散着步的老头老太。谁要是把"今天我散步了"当回事来说，那肯定是要被人笑话的。

然而上推一千五六百年，散步这事，还真可以当回事的。当然，那时候，散步不叫散步，叫"行散"。这"散"，就是大名鼎鼎的五石散，行散是服食五石散后必须要做的一件事。而服食五石散，实在不是一件寻常事，得有钱，还得有地位，还得要有名气。要是一个土财主也学着人家"行散"，那就像阿Q要姓赵一样，会被人指着鼻子骂上一句：呸，你也配？

细究起来，五石散也就是一味药。它的主要成分是石钟乳、石硫黄、白石英、紫石英、赤石脂等五种矿物药，故称"五石散"。这"五石散"，据说是汉代名医张仲景发明的，原是用来治疗伤寒病的。五石散药性偏热，服用后全身燥热难当，要以阴寒食物来抑其燥火，必须"寒衣、寒饮、寒食、寒卧，极寒益善"，最好睡一睡像小龙女的"寒玉床"，所以又称"寒食散"。同时，还得靠步行来散发药性，即使"若羸着床不能行者，扶起行之"，这便是"行散"。倘若在洛阳的街头，看到大冷天有人穿着薄薄的单衣，趿拉着高高的木屐，面红耳赤，摇摇摆摆，旁边还有两个仆人扶持着，那就是"石发"了，正"行散"着呢。一问名字，不消说一定是如雷贯耳的。

不过，要是诧异这人患了伤寒，怎么还敢满大街乱跑，那就是十足的 OUT 了。魏晋时服食五石散的，没有一个是伤寒患者。比如引领这一时代新潮流的何晏，就是一个既富且贵的时尚达人。魏晋名医皇甫谧说得很清楚："近世尚书何晏，耽好声色，始服此药，心加开朗，体力转强，京师翕然，传以相授。""晏死之后，服者弥繁，于时不辍"，何晏可谓服食五石散的始作俑者。

说起这何晏，也是一时风流人物。他是东汉权臣何进的孙子。其父早逝，曹操纳其母亲为妾，何晏就跟着母亲来到了曹府。曹操对这"拖油瓶"十分喜爱，不但收他为义子，而且还把女儿金乡公主嫁给了他。何晏在当时，是以相貌漂亮出名的，人称"傅粉郎"。《世说新语》中记载了一个故事，说何晏"美姿仪，面至白"，魏明帝曹叡怀疑他是化妆，就在大热天请何晏吃汤饼，存心要看他油污满面的洋相。何晏果然吃得大汗淋漓，边吃边用朱色衣袖擦脸，结果是"色转皎然"，证明了他的脸是纯天然的，没有施以任何添加剂。当然，何晏之有名，更在于他是"正始名士"的代表人物，他与夏侯玄、王弼等倡导玄学，竞事清谈，开一时之风气，成为魏晋玄学的创始者之一。这样一个高贵、漂亮、才华横溢的"小鲜肉"喜欢服食五石散，一干时尚人士纷纷跟进，自是"京师翕然"了。

然而，一种风尚能持续上百年，必定不是因为某个人倡导这样的简单。魏晋士人服食五石散，背后是有着深刻的社会背景的。

五石散一开始的确是作为一种药物存在的。从五石散的成分看，这几种散药有温肺气、壮元阳、安心神、收敛止血、固阳生肌等功效。秦汉时期就把丹砂、石钟乳、石胆、曾青、禹余粮、白石英、紫石英、五色石脂等18种石药，全都列于能"轻身益气、不老延年"的上品药。唐代著名医学家孙思邈在其名著《千金翼方》卷二十二"飞炼"中说："五石更生散，治男子五劳七伤、虚羸着床，医不能治，服此无不愈。"

在其《千金要方》中也说："所以常须服石，令人手足温暖，骨髓充实，能消生冷，举措轻便，复耐寒暑，不着诸病，是以大须服。"南朝梁殷芸的《小说》中说，曹魏名士王弼17岁时曾遇名医张仲景，张仲景对他说："君体有病，宜服五石汤；若不治，年及三十，当眉落。"王弼不以为然，没有服食五石汤。到了30多岁，果然眉毛脱落，不久就死去了。《南史·张邵传附徐嗣伯传》中说有一个叫房伯玉的将军，本来畏寒畏冷，徐嗣伯令他服食五石散后，用大桶的冷水浇身，竟然治愈了，此后身强力壮，即使大冬天也穿着单衣。这两个故事未必完全可信，但可见以五石散治病已是深入人心。

当然，如果只是一种普通的药物，五石散还不足于如此风靡。五石散的不同寻常之处，在于像何晏所说的"服五石散，非唯治病，亦觉神明开朗"。服食五石散后，人神清气爽，皮肤白皙，脸色红润，似乎年轻了许多。这其实是五石散短暂刺激神经、加快血液循环的一种副作用，魏晋人却误以为服食五石散能让人"逆生长"，于是就有了五石散能延年益寿的说法。而追求生命的长度，正是这一时期士大夫普遍的情结。

魏晋乱世，战乱频仍，政局险恶；加上瘟疫、灾害持续不断，人生无常成为这一时代普遍而深沉的感喟。在魏晋文人的诗歌中，哀叹生命的危浅，祈求寿命的延长，是一个非常突出的主题。陆机说，"兹物苟难停，吾寿安得延"，"天道信崇替，人生安得长"；郭璞说，"采药游名山，将以救年颓"；陶渊明说，"世短意常多，斯人乐久生"。连嵇康这样达观的人，也在其《养生论》中相信神仙的存在，而企求活上数百年："夫神仙虽不目见，然记籍所载，前史所传，较而论之，其有必矣。似特受异气，禀之自然，非积学所能致也。至于导养得理，以尽性命，上获千余岁，下可数百年，可有之耳。"怎么个"导养得理"？服食五石散就是一法。所以嵇康也是五石散的热心服食者。王羲之也是一样，"与道士许迈共修服食，采药石不远千里，遍游东中诸郡"。延年不死，成为当时士大夫们最为热切的希企。《世说新语·文学》中说，王恭服食五石散后，行散至弟弟王爽门前，问道："《古诗》中何句最佳？"王爽一时不明所以，王恭就自己接了下去："'所遇无故物，焉得不速老'，此句为佳。"这两句出自《古诗十九首》，正是对生命短促的哀叹。行散中的王恭，对这一句感触当然是太深了。

嵇康《游仙诗》说："采药钟山隅，服食改姿容。"这就要说到服食五石散的另一大功效了，就是能够使人变得更加的漂亮。从药理上说，这也是可能的。据学者研究，五石散的主要成分是硫，硫通过肠道的微生物菌落，发生代谢产物进入血液，使人体产生应激反应，进而刺激神经，这也是五石散被作为壮阳药的一个原因（古人曾用砒霜来治病、壮阳、美容，约略相似）。因此，初服五石散后，血液涌向皮肤表面，令人显得神采奕奕，眼睛明亮，皮肤白嫩细致。而这样的形象，恰好最符合魏晋对男人容貌的审美观。

魏晋之时，男人美貌，是一件很值得夸耀的事，以至《世说新语》中专门有"容止"一门，说的就是人的美貌。何晏、卫玠、王衍、王濛、潘岳、夏侯湛、庾亮、王济等，既是一时名士，更以美貌著称。当时史书中记人形状，往往要涉及容貌。如说卫玠，"见者皆以为玉人，观之者倾都"；说王衍，"王夷甫容貌整丽，妙于谈玄，恒捉白玉麈尾，与手都无分别"；说潘岳、夏侯湛，"并有美容，喜同行，时人谓之'连璧'"。我们翻看史书，似乎魏晋时的美男子特别地多。其实容貌从总体上说应该历代都差不多，无非是魏晋时对容貌看得特别地重，记载也就特别地多而已。放在明清之时，手白不白也要记上一笔，无聊不无聊？

但在魏晋时，人长得白不白，不但不无聊，而且很重要，因为这关系到一生前途。容貌是当时选官用官的一个重要指标。这里的根源恐怕还在于九品中正制上。评定人物、选人用人，一看门第，二看声誉。门第当然是没法变的，而声誉则大有运作的余地。一个人容貌好，在当时的风气下，知名度、美誉度当然会高。而当时人也相信，一个人的容貌是可以体现其才华和品行的，容貌好几乎就等于一切都好。如《抱朴子·外篇·清鉴》就说："区别臧否，瞻形得神，存乎其人，不可力为。"魏国的蒋济更是认为，观其眸子可以知人。《世说新语》中的"识鉴"篇，就是专门记载通过相貌和言谈举止来判断其品德才能的事例。何晏的那句名言："服食五石散，非唯治病，亦觉神明开朗"，这个"朗"，不但是精神上的，而且也是容貌上的。魏晋时赞赏人的容貌，常用的一个美词，其中就有这个"朗"字。如"器朗神隽""卓朗""爽朗"，等等。故而当时的士人，都很注重容貌的漂亮。男人"傅粉"，就是涂朱抹粉成了时尚。引领服食五石散新潮流的何晏，就是"性自喜，动静粉白不去手，行步顾影"，这样的行径即使放在现今的女人身上也要为人所讥，何妨一个名男人？但当时却是习以为常。傅粉是人工修饰，当然不如"由内而外的美丽"自然动人，而服食五石散，正可使人皮肤白皙细腻、脸色白里透红，岂不更好？

不妨设想一下：假如现在有一种保健品，吃了可以使

酒德頌

有大人先生，以天地為一朝，以萬期為
須臾，日月為扃牖，以荒為庭除，行
無轍迹，居無室廬，幕天席地，縱意
所如，止則操卮執觚，動則挈榼
提壺，唯酒是務，焉知其餘。有貴
介公子，搢紳處士，聞吾風聲

[元] 赵孟頫行书《酒德颂》（局部）

人容光焕发，永葆青春，今年二十明年十八；吃了可以延年益食，一百不稀奇、九十小弟弟；吃了更可以使自己仕途得意，升官发财；吃了还可以表示自己有风度有情怀是个时尚达人，至于吃它如吃春药那只能算是买一送一的意外之喜了。这样的一种好东西，谁不吃？谁不吃谁就是傻瓜。

然而，从古到今，有没有这样一种十全十美、有百利而无一弊的药物呢？没有。当然五石散也不例外。

五石散确实有治病的功效，但所谓"是药三分毒"，任何药理都一样，一是不能多用，二是不能乱用。这一点，其实从魏晋开始，医书中都有论述。隋代名医巢元方的《诸病源候论》卷六《寒食散发候》说："凡寒食药率如是，无苦，非死候也。勤从节度，不从节度则死矣。欲服散，宜诊脉候，审正其候，尔乃毕愈。"说的是一个"节度"。《外台秘要》卷三十七也说："寒石诸法，服之须明节度。明节度则愈疾，失节度则生疾。愚者不可强，强必失身。"说的也是一个"节度"。唐代名医孙思邈说得更是辩证："人不服石，庶事不佳，石在身中，万事休泰"，石对身体是有益的，但这五石散却是"聚其所恶"，将各种毒性聚合一起，如果"激而用之，其发暴"，就会不可收拾，所以"五石散，大猛毒，宁食野葛，不服五石。遇此方即须焚之，勿为含生之害"。

这样简单明白的道理，以何晏这样的博学之士，不可能不知道。但事实是，魏晋士人服食五石散，却往往过量，不但是无"毒"不丈夫，而且是"量"小非君子，越吃越上瘾。道理同样也是明白的。当这玩意儿吃下去后，可以在短时间内变得精力弥满、漂亮潇洒，在声色性事上也能随心所欲，甚至可以因此而声名大振或者官升一级，谁能挡得住这种诱惑呢？但药效是会消失的，人体是有耐药性的，一旦停药，不但容貌比以前更难看，身体也会更渴求"毒性"。这时候，服药者"见一候之宜，不复量其夷险"，唯一的选择，就是进一步加大剂量，如饮鸩止渴，再也无法回头。从这个意义上说，五石散无异于毒品。比如何晏，余嘉锡先生在《五石散考》一文中说得很透彻："（何）晏盖因荒恣于色，体为之弊，自觉精神委顿，妄以为服食既可补精益气，则并五石服之，当更有力。于是取仲景紫石散及侯氏黑散两方，以意加减，并为一剂。既而体力转强，遂以为大获神效。"如此"大获神效"的最后结果呢？在别人眼中的何晏，不再是翩翩浊世佳公子，而是"魂不守宅，血不华色，精爽烟浮，容若槁木，谓之鬼幽"，完全是一副"瘾君子"的形象。即使不被司马懿诛杀，怕也活不了多久吧。

何晏如此，其他服食者也差不多。如裴秀、嵇康、王戎、皇甫谧、贺循、王羲之、王献之等人，都深受"石发"困扰。像裴秀因在"石发"时误饮了冷酒，竟然死去。晋哀帝司马丕也是服食五石散过量，不能处理政事，更是在25岁就驾崩了。至于"竹林七贤"之一的王戎，在石发时掉入厕所，被人臭烘烘地捞出来，只能算是一出悲剧了。

魏晋时的名医皇甫谧本人也是一个五石散服食者。他服食七年后，"隆冬裸袒食冰，当暑烦闷，加以逆咳，或若温疟，或类伤寒，浮气流肿，四肢酸重"。皇甫谧在医书中自述其服食后的痛苦情形说："或饮酒不解，食不复下，乍寒乍热，不洗便热，洗复寒，甚者数十日，轻者数日，昼夜不得寐，愁忧恚怒，自惊跳悸恐，恍惚忘误者，坐犯温积久，寝处失节，食热作癖内实，使热与药并行，寒热交争。虽以法救之，终不可解也。"最后实在受不了，竟要拿刀自刺，还好被人发现及时夺下。皇甫谧在这本医书中，还列出其族弟、东海人王良夫、陇西人辛昌绪、蜀郡人赵公烈的惨痛经历，可见当时受"石发"之痛的，当是普遍现象。

日本人丹波康赖编撰于北宋年间的《医心方·服石节度第一》中有一句话："然水所以载舟，亦所以覆舟；（五石）散所以护命，亦所以绝命。"这个道理，连日本人都懂，从魏晋到隋唐几百年间，那么多服食五石散的中国士大夫也不会不懂，却一直在前赴后继地印证着这话的正确。这只能说，在现实利益的诱惑前，人性是多么的脆弱啊。

美即正义，漂亮就行

"请问你保持人气的秘诀是什么？"记者采访，向女明星提问。

女明星脱口而出："漂亮就行！"

韩剧《来自星星的你》的这个桥段，爆点在于，看似极其愚蠢肤浅，却偏偏一语道破了这个世界的真相。就像剧里的女明星千颂伊，性格极傲娇，态度不友善，却偏偏有足够美貌，照样赢得万千宠爱。

我们老早就知道了，这是个看脸的世界。明星赚得比科学家多得多。拥有美貌的人，面试更易通过，婚恋市场上更抢手，收入更高，更容易实现阶层跃升，就连犯错都容易被原谅，这"晕轮效应"可不止一星半点。并且，这些还都有社会学家调查数据支撑，比如美国的《新闻周刊》调查发现，英俊男性的收入比普通男性平均高出 5%，漂亮女性的收入比普通女性高出 4%。好吧，颜值即正义嘛，你美，你说什么都对！

对这个看脸的世界绝望了吗？那如果我说 1 000 多年前魏晋对美的追捧更疯狂，你信吗？——信不信由你，反正我信了。

在魏晋时代，美貌不仅是正义，是王道，它还可能是你想得到的一切。

比如，美貌可以杀人。卫玠，作为很多人心中的魏晋第一帅，自幼风神秀异，他 5 岁时坐着羊车上街，洛阳居民倾城而出，夹道观看，到处打听："谁家璧人？"——注意，因为有了他而创造了第一个词：璧人。卫玠童星出道，并且颜值一直在线。他舅舅王武子官至骠骑将军，原也是个风流自赏的人物，见了卫玠也忍不住赞叹："珠玉在侧，觉我形秽！"——好，第二个词"自惭形秽"又被发明出来了。后来，卫玠为避战乱到建邺，这下江南群众又不淡定了，万人空巷疯狂追星，"观者如堵墙"，挤得交通拥堵寸步难行。当时正值"永嘉之乱"，北方胡人兵马一路屠杀，战争如火如荼，江南群众命可以不要，帅哥却还是要看的。可惜这卫玠是个娇弱美男，书上说他"不堪罗绮"。经过这一番折腾，卫玠竟然就这么被看死了，从此历史上又多了个典故——"看杀卫玠"。

美貌可以使人死，也可以使人生。东晋时，权臣桓温灭掉成汉之后，见成汉皇帝李势的妹妹十分美貌，就把她带回来金屋藏娇。桓温夫人南康公主知道之后妒火中烧，带上几十个婢女挥着刀就气势汹汹杀将过去。到了那儿，正遇上李氏在梳头，只见长发像黑缎子一样披到地上，肌肤像白玉一样光彩照人。李氏神情从容地说："国破家亡，无心至此。今日若能见杀，乃是本怀。"南康公主一见这等美人，不仅不忍下手，而且还感叹道："我见犹怜，何况那老东西呢?"据说公主从此待李氏很好。本来带着七大姑八大姨准备当街殴打小三，结果因小三太美而握手言欢——这样的事儿，连现在"节操碎一地"的八卦小编都不敢编，可在晋朝就这么发生了。

美不仅能救女人的命，还能救男人的命。还是东晋，苏峻作乱，征西大将军陶侃认为庾亮是罪魁祸首，打算杀庾亮以谢天下。谁知一见面，庾亮的英俊潇洒、气度雍容，一下子把陶侃给迷倒了。陶侃"一见便改观"，还和庾亮畅谈宴饮了一整天，对庾亮"爱重顿至"。陶大将军! 这可是残酷的政治军事斗争啊! 这样狗血的剧情，连现在脑洞再大的电视剧也不敢演，可在晋朝就这么发生了。

美貌可以倾国。五胡十六国时，前秦皇帝苻坚灭了前燕，前燕开国皇帝12岁的幼子慕容冲和姐姐因美貌绝伦，都被充入苻坚后宫。当时儿歌唱道："一雌复一雄，双飞入紫宫。"苻坚十分宠幸这对姐弟，人们都担心会引起祸乱。后来在大臣劝说下，苻坚忍痛将慕容冲外放去当了平阳太守，还思念不止。十多年后，长大成人的慕容冲带兵反攻苻坚，血洗长安。苻坚身死国灭，这是他为贪恋美貌而付出的沉重代价。

美可以让人平步青云。西晋时，韩寿在权臣贾充手下做属官，因为他"美姿容"，就被贾充的小女儿贾午喜欢上了。通过婢女穿针引线，韩寿经常翻墙进去和贾午幽会。后来，贾充闻到韩寿身上有异香，而这种香是外蕃贡品，晋武帝只把这种香赏赐给自己和陈骞，其余人家都没有这种香，那么韩寿身上的异香是从哪儿来的呢？经过拷问，贾充知道内情后，只好顺水推舟，把女儿嫁给了韩寿。贾充是当时的权臣，大女儿贾南风贵为皇后，自此韩寿自然平步青云。"韩寿偷香"，后来跟"相如窃玉""张敞画眉""沈约瘦腰"一起，成为风流四事。

自古以来，男人的帅有一个集中体现，那就是"娶公主"。娶了公主自然能从一介平民立刻逆袭成皇亲国戚。"竹林七贤"之一的嵇康，身长七尺八寸，风姿特秀，史书上形容他帅的词儿特别多，例如"萧萧肃肃，爽朗清举""肃肃如松下风，高而徐引"。或曰："嵇叔夜之为人也，岩岩若孤松之独立；其醉也，傀俄若玉山之将崩"。他到山里采药，山里的樵夫看到他，还以为是神仙下凡。后来嵇康因为太帅而惊动朝廷，公主哭着喊着要下嫁。由此，在最重视门第的魏晋，嵇康出身虽平常，却娶到了公主为妻。

但是娶公主也不一定都是好事。嵇康在魏晋禅代之际，坚决地站到了司马氏的对立面。他后来被司马氏所杀，未必不与娶了公主有关。

同样，王献之"风流蕴藉，乃一时之冠"，简文帝之女新安公主司马道福十分仰慕，离婚后坚决要求嫁给王献之。于是皇帝下旨让王献之休掉原配夫人郗道茂，再娶新安公主。王献之与郗道茂伉俪情深，休妻之事成毕生之痛，他临死时说：这辈子"不觉有余事，唯忆与郗家离婚"，读来令人恻然。

细读魏晋史，还会发现这样"一个美男引发的公案"实在数不胜数。什么直接给官做、跪求嫁女儿，什么自愿捐献房屋别墅、不用通报直接刷脸进……各种各样的优厚措施，只要有美男子在，那都不是事儿！

历来人们评说魏晋人爱美简直"赶上"现代人，我却认为，魏晋人爱美其实比现代人狂热得多。除了以上这些案例铁证，我当然还有更有力的理由。

　　理由之一，魏晋不仅是大众推崇美，审美还堂而皇之地进入庙堂，成为皇家的、官方的、主流的行为方式和话语体系。

　　普罗大众追捧美貌自不必说。《世说新语·容止》有载："潘岳妙有姿容，好神情。少时挟弹出洛阳道，妇人遇者，莫不连手共萦之。左太冲绝丑，亦复效岳游遨，于是群妪齐共乱唾之，委顿而返。"魏晋人对美丑的爱憎耿直得让我都看不下去。大妈少女们看见美男潘安，就手拉着手，把潘岳的车围住，还往他的车里掷满水果。人家左思好歹也是当世大文豪呀，他写的《三都赋》引得洛阳纸贵，可大妈少女们根本不吃这套——长这么丑还出来吓人就是你的不对了！乱吐口水扔臭鸡蛋！如果换了玻璃心的你，估计你会得抑郁症！

　　何晏面白，堂堂魏明帝曹叡也忍不住要验证真假，是否心中也艳羡不已，想跟他请教粉底色号？王衍"妙于谈玄"便罢，"恒捉玉柄麈尾，与手都无分别"，一个大男人的手白得像玉，这也要刻意提出来啧啧赞叹吗？

　　东吴"联合创始人"孙策，24岁迎娶著名美女大乔，被吴人称为"孙郎"，可见他当时跟周瑜一样雄姿英发，战场、情场都很得意，羡煞天下男人。可惜好景不长，孙策被仇家刺伤。伤并不致命，只不过划伤了孙策的脸，孙策却说："我的脸都变成这副样子了，还能再建功立业吗？"说完大吼一声，创口破裂而死。奇怪！建功立业和长相有关系吗？难道你要以美治国？

魏晋中人，对美的热爱就是这样爱到了骨子里。这种对美的追求超越了阶级、阶层甚至政治。时人评价夏侯玄，说他"朗朗如日月之入怀"。魏明帝皇后的弟弟毛曾与夏侯玄坐在一起，时人才不管毛曾是皇亲国戚，谓之"蒹葭倚玉树"。中书令裴楷评论安丰侯王戎，说他"目光灼灼映射，犹如岩下闪电"。时人评价王羲之"飘如游云，矫若惊龙"，王羲之则赞叹杜弘治："面如凝脂，眼如点漆，此神仙中人。"

有人去琅玡王家拜访，遇到王戎、王敦、王导在座；到另一个房间去，又见到王季胤、王平子。回家后大为感叹："今日之行，触目见琳琅珠玉。"满满一大屋子美男子啊！这说明两个问题：一是美貌在当时是官场"硬通货"，你看这些王侯将相全是大帅哥；二是爱美风尚实在太深入人心了，此人一下子批量见到这么多顶级大咖，不感叹豪门贵胄，倒念念不忘颜值，忍不住啧啧赞叹。

理由之二，魏晋时代没有互联网、没有报刊电视等大众传播手段，却把爱美推广为一种大众时尚运动。《世说新语》专设"容止"篇，记录魏晋人"容止"就有39则。史书向来惜墨如金，可在魏晋南北朝几本正史中对人物容貌的记录却多达几百处。才貌兼具的美男哪朝哪代都有，但人们总觉得魏晋才是美男云集，美男空前绝后地多。这其实是因为魏晋人特别爱美，记录得特别多，由此造成这美丽的误会。

　　理由之三，魏晋审美水准极高，堪称一个时代高峰。魏晋人品评美貌，当然重身形容貌，例如欣赏肤白、手白、眼如点漆，就像现在人们也会评出霍建华的睫毛、王凯的手、任嘉伦的卧蚕、鹿晗的眼睛等"娱乐圈大杀器"。但魏晋人并不止步于此，他们更会去欣赏一个人的风度、器量、格局、才华，审美水平相当高级。

　　《世说新语》记载了曹操一则轶事。曹操即将要召见匈奴来使，"自以形陋，不足雄远国"，于是想出个荒唐主意，让相貌清朗威重的崔琰代替自己接见使者，自己捉刀站在一旁。之后还派人去问使者："魏王如何？"使者对曰："魏王雅望非常，然床头捉刀人，乃真英雄也。"这个故事说明两个问题：一是即便雄武如枭雄曹操，也会对自己形貌不自信，可见当时高规格审美已渗透到何等地步；二是人们审美并不只看姿容俊美，更看内质卓然，神明英发的英雄气度还是胜过雅望非常的。

王导的小儿子王敬豫长相英俊，来跟王导请安。王导抚其肩叹道："阿奴恨才不称！"外形虽美，却没有相称的才华，就只是个花瓶，终究是一大憾事。

"竹林七贤"多丰采俊秀，相比之下刘伶就长得太砢碜了，"身长六尺，貌甚丑悴，而悠悠忽忽，土木形骸"。矮、丑、挫、丧，这样的人怎么就挤进了男神圈呢？显然，能写下千古名篇《酒德颂》，能把喝酒喝成"醉后何妨死便埋"行为艺术的刘伶，凭借的是独特的才情和名士的风度。现代文青们说，好看的皮囊千篇一律，有趣的灵魂万里挑一。这基本上也是魏晋人玩儿剩下的。

所以，这样的魏晋南北朝，到底是个怎样奇葩又精彩的朝代啊？

魏晋乱世，朝廷对地方的控制力削弱，皇室对世家大族的控制力也大为削弱，政权更替导致社会动荡不安。在魏晋黑暗残酷的政治背景下，过去儒家追求功业、道德的价值体系开始崩塌，道家、玄学"超然物外"的唯美思潮盛行。政治官场上动辄就会掉脑袋，士人们开始普遍转而向内追求艺术之美，以纯粹的审美对抗功利、超越世俗。也因此，宗白

[元] 赵孟頫行书《归去来辞》

华先生才说："汉末魏晋六朝是中国政治上最混乱、社会上最苦痛的时代，然而却是精神史上极自由、极解放，最富于智慧、最浓于热情的一个时代。因此，也就是最富有艺术精神的一个时代。"

的确，这是一个美学高度繁荣的时代。爱美之心人皆有之，唯美风尚大行其道。到处都是欣赏美的眼睛，整个时代都洋溢着歌颂美的热情。在这个时代，哲学、文学、绘画、建筑、雕塑、音乐艺术等无不掀起美学革命，达到美的鼎盛高峰。从"蓬莱文章建安骨，中间小谢又清发"，到"三张二陆两潘一左"；从山水画萌芽、人物画繁荣到云岗、龙门的宏伟造像；从钟繇创立楷书到王羲之父子的书法；从嵇康的广陵绝响到阮咸、荀勖等音乐家，无不是光芒万丈，前无古人……对人的审美品评，仅仅只是魏晋唯美风尚的一个方面，是这场"文艺复兴"的表现之一。

如果说战国乱世成就了百家争鸣的思想盛世，那么魏晋南北朝可以说成就了艺术美学的盛世，智和美共同奠基了中华文明的辉煌灿烂。政治极度混乱，文化艺术史却极尽绚烂。这是最坏的时代，也是最好的时代。

从这个角度去看魏晋人的"美即正义"，不仅不肤浅，还很深刻，充满了精神之美、性灵之美、自由之美、浪漫之美

238

和人文主义光辉。一种风流吾最爱，魏晋人物晚唐诗。对照当下只顾着把颜值出售变现的娱乐化审美，只孜孜追求脸蛋肉体精致的感官审美，真让人忍不住神游魏晋，感慨万端。

拍马屁也轮不到你

　　说起桓温，绝对是东晋的一只鼎，官拜侍中、大司马、领扬州牧、都督中外诸军事的大权臣。他可以把在位的皇帝赶下去，也可以把另一个皇帝扶上位。做皇帝的，成天提心吊胆，生怕一不小心被他废了甚至杀了。做太子的，父皇驾崩也不敢继承皇位，要他点了头才行。桓温是实际上的朝廷当家人。但这样不可一世的人，也有被人羞辱的时候，而且羞辱他的人还不止一个。

　　第一个叫刘惔。这刘惔字真长，是当时的大名士，以擅清谈出名。刘惔跟桓温都是晋明帝的驸马，两人也算是连襟了。《世说新语》中有则故事，说是桓温与王濛、刘惔在建康（今南京）东北的覆舟山宴游。酒酣耳热之际，这醉醺醺的刘惔竟把脚架到了桓温的脖子上。如此粗鲁无礼的举动，常人也受不了，何况桓温这样的枭雄，就是拔刀把这臭脚砍了下来，也不算太过分。但桓温这回的脾气倒是出奇的好，他只是用手轻轻地把这臭脚撩开了。回来后，王濛就对刘惔责备开了，责备的不是刘惔无礼，而是桓温没修养：不过是把脚架到他脖子上而已，他桓温怎么能对我们这般使脸色（"伊讵可以形色加人不"）？看看，你把脚都架到了别人的脖子上，还不让人家不高兴，天下有这样的道理吗？但这刘惔、王濛，就是这样的不讲道理。

第二个叫王坦之。这王坦之字文度，也是名臣、名士，他一度在桓温手下做长史。桓温想给自己的儿子娶王坦之的女儿。长官主动要跟自己结成儿女亲家，那不得兴高采烈好几天？但王坦之却不敢答应。王坦之的父亲叫王述，就是那个"王蓝田吃鸡子"故事中的王蓝田。王蓝田对王坦之这儿子十分宠爱，孙女都快要嫁人了，他还把儿子"抱着膝上"，这一对父子可真够瞧的。王坦之见老爸心情好，就说了桓家求婚的事。这王蓝田年纪虽大，急性子的脾气还是没改，听了勃然大怒，一下把王坦之掀了下去，大声说："想不到我家文度竟然痴呆了，是不是怕了桓温啦？这老兵的家，我们的女儿怎么可以嫁过去（恶见文度已复痴，畏桓温面？兵，那可嫁女与之）！"王坦之只好对桓温说，"我家女儿已经订了婚约了"。桓温说："我清楚，是你父亲不同意罢了。"就这么着，堂堂大司马桓温，热脸贴了个冷屁股，自讨个没趣。

第三个叫谢奕。这谢奕是谢安的大哥、谢玄的父亲。桓温做荆州刺史时，谢奕是桓温的司马，一个幕僚而已。但这幕僚可没个下属的样，经常跟桓温一起喝酒吹牛，酒喝高了，就掀掉头巾，长啸歌咏，旁若无人。这时候，桓温就只好为自己打圆场：谢奕乃"我方外司马"，这是我世俗之外的司马，意思是不能用世俗之礼来要求他。谢奕喝酒来了兴致，不管桓温忙不忙，定要桓温陪他喝酒。桓温惹不起，只能三十六计走为上计。但桓温躲到哪里，这谢奕就追到哪里，纠缠着喝酒。后来桓温无奈之下，只得逃到了他夫人南康长公主的闺房里，谢奕这才止步。这公主倒也有趣，说，倘若不是这"狂司马"，我还见不到夫婿呢。而谢奕捉不到桓温，只好抓了一个小卒共饮，还说："失一老兵，得一老兵，亦何怪。"把桓温与士兵相提并论，可谓无礼之极，桓温愣是一点脾气也没有。

现在看这几个故事，莫名惊诧之余，或许会赞一声桓温"大人有大量"，礼贤下士、平易近人之类的。但有趣的是，在《世说新语》中，前两则故事是放在"方正"篇的。方正就是正直、耿介的意思，这当然不是夸桓温，而是在赞赏王濠和王蓝田，他们对桓温、王坦之的批评，是有原则、讲规矩，是节操高洁的体现。这简直让人瞠目结舌。

当然，写《世说新语》的刘义庆自有他的道理的。道理也很简单：刘惔、王坦之、谢奕他们的门第，比桓温要高得多。余嘉锡先生在《世说新语笺注》说得很透彻："盖桓温虽为桓荣之后、桓彝之子，而彝之先世名位不昌，不在名门贵族之列。故温虽位极人臣，而当时士大夫犹鄙其地寒，不以士流处之。"在名门士族眼里，你桓温官当得再大，也只是一个"老兵"而已，戏弄你几下又怎么啦？能和你同游共饮，就是给你面子了。

所以，桓温能与刘惔、王濠共游覆舟山，应该知足了。他在刘惔"牵脚加颈"时用手撩开，就是仗着自己官大，忘乎所以，不讲规矩，理应受到王濠的强烈谴责。

这倒真不是说笑话。因为士族与庶族之间，这一条鸿沟实在太大了。所谓"今服冕之家，流品之人，视寒素之子，轻若仆隶，易如草芥，曾不与之为伍"。庶族别说与士族同游共饮，就是想巴结要拍马屁，那也是没有资格的。

《世说新语·方正》中有则故事。王胡之字修龄，出身于著名的琅玡王氏，其父王廙是丞相王导、大将军王敦的从弟、"书圣"王羲之的叔父。王胡之一度在东山隐居，生活颇为困窘。乌程县令陶胡奴就送了一船米给他。说起这陶胡奴也不是平常人物，他名范，是东晋名将陶侃之子。有道是"伸手不打笑脸人"，但王胡之就是把陶胡奴送上来的笑脸，硬生生地给打了。他把一船米退了回去，还撂下一句话："我王修龄倘若没吃的了，自然会到谢仁祖那里要吃的，用不着你陶胡奴的米。"谢仁祖即谢尚，是谢安的从兄。王胡之的意思很明白，我纵然要救助，也只接受王谢家的接济。想拍马屁，轮不到你陶胡奴。对此，余嘉锡先生的解读是："疑因陶氏本出寒门，士行（即陶侃）虽立大功，而王、谢家儿不免犹以老兵视之，故修龄羞与（陶）范为伍。于此固见晋人流品之严，而寒士欲立门户为士大夫，亦至不易矣。"

还有一则故事，同样来自《世说新语·方正》。周颤字伯仁，"我不杀伯仁，伯仁因我而死"说的就是他。周颤为吏部尚书时，一日夜间值班，突发恶疾，性命危急。这时，尚书令刁协正好看到，尽心竭力，把周颤救了下来。到了天明，周颤之弟周嵩听说了，兄弟情深，急忙赶来。刚到门口，刁协便迎上前去，红着眼睛，流着眼泪，诉说周颤昨晚的危急之状。周嵩怎么感谢刁协的救命之恩呢？"手批之，刁为之辟易于户侧"，双手用手一推，刁协跟跟跄跄倒在门边。周嵩来到周颤面前，也不问病情如何，直接说："你在朝廷，是与和峤并称的知名人士，怎么能与刁协这种小人有交情？"说完，掉头就走。周嵩为何如此的不通情理？无它，只因为刁协出身庶族。一个街头要饭的乞丐，扶着一个贵妇人过马路，这不叫做好事，这叫别有用心。倘若贵妇人接受了这一扶，那就是自甘下流。怪不得周嵩气不打一处来。

如果说，在政事上，同处一朝，士族与庶族尚不得不有所交接的话，如王坦之、谢奕之于桓温，周颤之于刁协之类，那么，在婚姻上，士族与庶族绝对是冰炭不同器，一点也马虎不得。桓温可以在政治斗争中威胁要杀掉王坦之，但决不能强迫王家把女儿嫁到桓家，这是要触怒整个士族阶层的。清史学家赵翼说："下品无高门，上品无寒士。当其入仕之初，高下已分，迨及论婚之际，门户遂隔。"这说到底，还是在于对权力、地位的垄断。士族作为既得利益者，只想着把特权牢牢地把持在自己这几家人手中，而绝不允许别家通过婚姻来分一杯羹，摊薄了利益。同时，希望以血缘为中心，以婚姻为纽带，形成更强大的士族联盟，互相扶植，掌控朝中大权。所以在东晋时，士庶不婚，已成铁律，如果有士族人士与庶人联姻，会遭到士族阶层的一致谴责与鄙视。因为你伤害的，不仅是你自己，而是整个阶层的利益。

南齐时，东海王氏的王源，因家境寒酸，把女儿嫁给了富阳的满璋之的儿子，换取了丰厚的聘礼，王源借此还给自己纳了一妾。说起来，这满氏号称是高平满宠的后裔，大小也是个官宦之家，王源是查过满家谱牒才定下这门亲事的。但这事却引起了轩然大波。大文人沈约向朝廷弹劾王源。他说，这王源虽然人品庸陋，却是家世显赫。其曾祖王雅，位至八命；祖父王少卿，主管内侍；其父亲王睿，也是清显之辈。而满家自东晋以来没有显赫的声迹，属于"士庶莫辨"。因此，王源联姻满家，唯利是图，乃是自甘下贱，蔑祖辱亲，无耻之尤。应将王源革除官职，禁锢终身，以儆效尤。因一门亲事而闹到上书弹劾，可见影响之大。在百多年后的南齐尚且如此，东晋之时，只会更加严格。

其实不要说士庶之间，就是士族之间，倘若门第差了点，也要在婚事上吃"闭门羹"。谢衰是晋元帝时的吏部尚书，他为小儿子谢石向诸葛恢的小女儿求婚。诸葛恢是名门鼎族，他的大女儿嫁给了太尉庾亮的儿子，亮子死后改嫁名士江彪；二女儿嫁给了刺史羊忱的儿子，儿子娶的是尚书左仆射邓攸的女儿。面对谢家的求婚，诸葛恢说得很坦率："羊家、邓家与我们是世婚，门当户对。江家比我们差一点，算是我照顾他，庾家比我们高一点，算是他照顾我。你们陈郡谢家嘛，还是算了吧。"陈郡谢氏一直要到谢衰的三子谢安执掌朝政后

[明] 钱毂《桃花源图卷》（局部）

才开始显赫，此时确是有点高攀，所以面对诸葛恢夹枪带棒的一番话，也只能灰溜溜地吃进。后来，诸葛恢去世，诸葛家没了往日的风光，而谢家却是蒸蒸日上，今非昔比，诸葛家的小女儿这才嫁到了谢家。与此相仿佛的是，王导刚到江南时，欲与江南大族陆家攀亲，被太尉陆玩拒绝了，话说得还很不客气："培塿无松柏，薰莸不同器。玩虽不才，义不为乱伦之始"，竟把王、陆联姻视同乱伦（破坏人伦道德、社会常规），摆明了瞧不起王导这江北来的"伧夫"。他当然想不到，几十年后，王家比他陆家牛气多了。这时候轮到王家摆架子了。"东床坦腹"的典故耳熟能详，说的是郗家向王家求婚的事。要说这郗家也是瞅准了机会，本来按两家的门第，郗家比王家低了一头，很可能要"吃红灯"。但此时因王敦造反，作为从兄的丞相王导受牵连，声望有所下降。而郗鉴因讨平王敦有功，手握兵权，封为东平侯，在王导与太尉庾亮的政治角力中，有着举足轻重的作用。两家互有仰仗，这才有了婚姻之约。郗鉴的使者来到王家，见众弟子都做出一副矜持模样，"唯有一郎，在床上坦腹卧，如不闻"。郗鉴一听，说，好，就这人。就把女儿郗璇嫁给了这个祖露着肚子的王羲之。王羲之"东床坦腹"，固然是其生性潇洒，但未始没有一点居高临下的感觉在里头。后来郗家失势，王氏弟子对郗家就有点不以为然了。也许这也说不上是势利，婚姻从来就是政治的延伸，这在世家大族中尤其如此。

　　所以，东晋名门士族的婚姻，转来转去，都是在几个大家族中兜圈子。特别是最为牛气冲天的王谢家，谁都看不上，只能是两家之间来回地结亲，完完全全是肥水不流外人田。王导之孙王珉娶谢安之女为妻，谢据、谢万均娶了王览第四代女为妻，谢朗娶王胡之之女为妻，谢玄之子谢焕娶王羲之外甥女刘氏为妻。如此一来，"中表亲"之类的亲上加亲固然是免不了，更有"异辈婚"比如外甥娶了姑妈之类，连称呼都不知道该怎么叫了。说句笑话，这就像是专制制度下的官员选拔，是个别人从少数人中选出个别人，最后的结果往往是不大妙。士族其实也是如此。一个阶层，不管它如何的精英，如果固执地把自己封闭起来，既不让别的阶层流动进来，也不让自己阶层的人流动出去，铁板一块，死水一潭，更糟糕的还有越来越严重的"近亲繁殖"（无论是生物学上的还是社会学上），最后只能是无可避免地走向没落，一蟹不如一蟹。梁时的士族子弟，已沦为不学无术之徒，"有吉凶大事，议论得失，蒙然张口，如坐云雾；公私宴集，谈古赋诗，塞默低头，欠伸而已"。身体也极为糟糕，遭遇战乱，"肤脆骨柔，不堪行步，体羸气弱，不耐寒暑，坐死仓猝者，往往而然"。即使是显赫一时的王谢子弟，到南朝时就已经泯然寻同常人，到隋唐更是藉藉无闻。"旧时王谢堂前燕，飞入寻常百姓家"，这里的果，早在王蓝田拒桓温求婚、王胡之拒陶胡奴送米时就已种下了因。无论是一个人还是一个家族，当他自以为可以凌驾于任何人之上的时候，其实离跌下来的日子已经不远了。

《兰亭集序》的"人品爆发"

　　我平日也喜欢写几行毛笔字（不敢自称学书法）。一日，在临了一遍《兰亭集序》后，忽然想把它背诵下来。开始倒也挺顺，但到"夫之人俯仰一世"以下，总是背得颠三倒四，仔细读了几遍，仍然时有错漏。原以为这《兰亭集序》不过324字，又并无什么生僻拗口的句子，背出来应该是很轻松的，想不到自讨了个没趣，只好自嘲真的是年老了。

　　几天后，与一个朋友闲聊。这朋友也是个有学问的人，关键是比我还年轻十岁。说起这事，不料他说，这倒奇了，我也背过，也是背不出来，也是在"俯仰一世"这一段。

　　这下，我倒觉得这事有点意思了。

　　我一直以为，好的诗文，必定是容易背诵的。因为感情充沛、文气连绵、节奏明快、用词凝练、起承转合自然天成，读的时候就是"于我心有戚戚焉",几遍下来,印象就很深了。像《兰亭集序》这样的名文,应该很好背才是,为何背起来总是磕磕巴巴?

翻一翻《兰亭集序》流传的经过,就会发现一个很有趣的现象。在唐以前,提到《兰亭集序》的其实很少,至少是没有想象的那么多。而且,在梁代昭明太子的《文选》中,《兰亭集序》竟然没有入选,这真是让人大跌眼镜的事。要知道,作为现存最早的诗文总集,《文选》几乎把梁以前有名的诗文一网打尽了,何以对《兰亭集序》视而不见?《兰亭集序》的全文,是从《晋书·王羲之传》录出的,而《晋书》系唐房玄龄等修撰。在此之前,只知《兰亭集序》乃天下第一行书,却不知《兰亭集序》到底写了些什么,这与《兰亭集序》的名望实在是很不相符的。

当然,说《兰亭集序》全文在唐代才见,并不完全恰当,因为在《世说新语》刘孝标注中已有引用。不过,刘孝标没说是《兰亭集序》,而是《临河叙》。

《临河叙》不长,不妨引录如下:

永和九年,岁在癸丑,暮春之初,会于会稽山阴之兰亭,修禊事也。群贤毕至,少长咸集。此地有崇山峻岭，茂林修竹，又有清流急湍，映带左右。引以为流觞曲水，列坐其次。是日也，天朗气清，惠风和畅，娱目骋怀，信可乐也。虽无丝竹管弦之盛，一觞一咏亦足以畅叙幽情矣。故列叙时人，录其所述。右将军司马太原孙丞公等二十六人赋诗如左。前余姚令会稽谢胜等十五人，不能赋诗，罚酒各三斗。

一看便知，这与《兰亭集序》大同小异，只是少了"夫人之相与"以下 167 字，多了"右将军太原孙丞公等二十六人"以下 40 字，还有个别文字和语序也略有不同。

这《临河叙》与《兰亭集序》之间到底是个什么关系，历代文人的笔墨官司打了 1 000 多年，谁也说不明白，既专业又复杂，这里我就不说了。但两者是同一篇文章的两个版本，这是一目了然的。我关注的，是这段引文所注的那一句话，乃是《世说新语·企羡》第三则："王右军得人以《兰亭集序》方《金谷诗序》，又以已敌石崇，甚有欣色。"说大名鼎鼎的王羲之，听到人家赞美他的《兰亭集序》可与《金谷诗序》相提并论，又说他比得上石崇，不由得面有喜色。

石崇，就是那个骄奢淫逸，以"斗富"出名的大官，王羲之竟然以比得上他为荣，这已是令人瞠目结舌，而那个什么《金谷诗序》，更是连听也没听到过，它能跟《兰亭集序》比吗？

这《金谷诗序》是石崇在元康六年（285）所作。那年，石崇在当时最大的园林金谷园举行盛宴，邀集苏绍、潘岳等30位名士，以为诗酒之会，"登云阁，列姬姜，拊丝竹，叩宫商，宴华池，酌玉觞"，一时盛况空前，传为佳话。石崇事后所写的《金谷诗序》，也是名噪一时。《金谷诗序》在晋代的记载中，倒是比《兰亭集序》有名得多，自然也好找多了。全文如下：

> 余以元康六年，从太仆卿出为使持节监青、徐诸军事、征虏将军。有别庐在河南县界金谷涧中，去城十里，或高或下，有清泉茂林，众果、竹、柏、药草之属，莫不毕备。又有水碓、鱼池、土窟，其为娱目欢心之物备矣。时征西大将军祭酒王诩当还长安，余与众贤共送往涧中，昼夜游宴，屡迁其坐，或登高临下，或列坐水滨。时琴、瑟、笙、筑，合载车中，道路并作；及住，令与鼓吹递奏。遂各赋诗以叙中怀，或不能者，罚酒三斗。感性命之不永，惧凋落之无期，故具列时人官号、姓名、

年纪，又写诗著后。后之好事者，其览之哉！凡三十人，吴王师、议郎关中侯、始平武功苏绍，字世嗣，年五十，为首。

而 70 年后的永和九年（353），王羲之等 42 位文人雅士，借修禊日在会稽的兰亭"流觞曲水，畅叙幽情"。各人当场作诗，王羲之则为诗集作了一个短序，这便是大名鼎鼎的《兰亭集序》，也就是《世说新语》中引用的《临河叙》。对照一下《临河叙》和《金谷诗序》，很显然，从结构到内容到语气，两文都极为相似。看来，王羲之是以《金谷诗序》为样板来创作《兰亭集序》的，而且模仿得还挺成功，所以听到有人把他与石崇、把《兰亭集序》与《金谷诗序》相提并论，心下还挺得意，就像今天一个书法家听到他写的字很像王羲之一样。由此可见，石崇与《金谷诗序》，在当时还是很具"正能量"的。

不过，模仿要超过原作，这基本上是不可能的，加之当日王羲之与一众朋友把酒临风，于酒酣耳热之际，信手而作，不事雕琢也在情理之中。《兰亭集序》中 20 多个"之"字，字字不同，各有风姿，这在书法上自然是一段佳话，但就文章而言，300 多字中有 20 多个"之"，不免有点累赘。其他词重意复之处也不少，比如"俯仰"就出现了两次，还有一次是"仰观"与"俯察"对举。用"天朗气清"来形容暮春天气，也有点不伦不类，这一直以来都是说秋天之景的。至于《兰亭集序》比《临河叙》多出来的"夫人之相与"这一大段，一会儿说人生无常，一会儿又否定人生无常，让人有点摸不着头脑。我于这一段话终究背不利索，就是理解不了它到底要说点啥意思（有专家说这一段是唐宋后人加上去的，我倒有几分相信）。说句唐突前贤的话，这《兰亭集序》，单就文章而言，怕不能说是精品佳构吧？比之《金谷诗序》，也只怕是颇有不如。这倒真不是我故作惊人之论。历代文人，多有对《兰亭集序》的文学成就嘀嘀咕咕的，只不过《兰亭集序》名气实在太大，不好意思直说罢了。所以，《文选》不选《兰亭集序》也就很好理解了，因为那个时候，《兰亭集序》的名气还不大，而《文选》选文章的标准，恰好是"事出于沉思，义归于翰藻"，讲究文意之深刻，文辞之华丽，像《兰亭集序》这样模仿《金谷诗序》的急就之作，不入选其中也就顺理成章了。

《兰亭集序》之暴得大名，是从唐太宗开始的。这唐太宗李世民，是王羲之的标准"脑残粉"。他以帝王之尊，千方百计、不择手段地搜罗王羲之的真迹，"萧翼智赚兰亭"的故

[明] 陈洪绶《王羲之像》

事，就是为了他满足一睹《兰亭集序》真迹的欲望。唐代修《晋书》，唐太宗为四篇传记亲自写了史论，其中一篇就是《王羲之传》，对王羲之的书法高度赞扬，说："观其点曳之工，裁成之妙，烟霏露结，状若断而还连；凤翥龙蟠，势如斜而反直。玩之不觉为倦，览之莫识其端，心慕手追，此人而已。"一句话，王羲之书法天下第一，古今第一，并且把第二名远远甩开好几丈。王羲之的书法本来确实是古今天下第一，再加上唐太宗这样狂热的推崇，甚至把《兰亭集序》带到了自己的坟墓里，王羲之的名声自唐代后越来越响，《兰亭集序》天下第一行书的地位无可动摇，而《兰亭集序》的文字，也由此而变得天下皆知。这样好的书法，这样好的法帖，你还好意思说文章不好吗？其实诗文往往就是这样，广为传诵之后，本来平平常常的，也慢慢地"经典"起来了。李白的《静夜思》，在唐宋时期根本就没人提起，不但各种选本中没有它，文人骚客的诗话笔记中也没人提起。到了明代之后，随着文化向底层的普及，突然一下子热了起来，妇孺皆知后，大家都觉得这样明白如话的诗也是别有一番风味的。

再说那篇《金谷诗序》。文章自然是好文章，但它的作者石崇，在后来的名声，实在是太差，几乎可用臭名昭著来形容（其实在《晋书》中，石崇的形象并不太坏，实在是《世说新语》中石崇斗富的段子太深入人心了）。当年王羲之以人们将他比作石崇而沾沾自喜，但几百年后倘若地下有知，怕是要叫苦不迭了。苏东坡说："兰亭之会或以比金谷，而以逸少（王羲之）比季伦（石崇），逸少闻之甚喜。金谷之会皆望尘之友也；季伦之于逸少，如鸥鸢之于鸿鹄。"当年，石崇与王羲之是一前一后的两只飞鸟，王羲之还一心要追随着石崇飞。几百年后，王羲之成了翱翔天际的鸿鹄，而石崇成了觅食鼠、蛇的恶鸟，他们的文章也自然而然地，一篇是天下传诵的名文，一篇早已湮灭无闻了。人们提起《金谷诗序》，也只因为它与《兰亭集序》有那么一层关系。

《兰亭集序》的"走红"，要说偶然，或许是有点偶然，要说必然吧，也确有几分必然。是王羲之伟大的书法艺术和洒脱的人格精神，使得一篇文学上的寻常之作，成了千古名篇，倘若萧统现在再编一部《文选》，《兰亭集序》定是必选的吧，这就是人品的力量。

在网络语言中，某人倘自诩"人品爆发"，那是说他的运气极好，相应的，说某人"人品不行"，也是说他走背运，所谓喝口凉水也塞牙的那种。"人品"怎么会有了"运气"的意思，这个我没有考证过，但显然，一个"人品"（品行）好的人，他的"人品"（运气）应该也不会差，这大概是"人品"

（运气）一词风行的道理吧。王羲之的《兰亭集序》成为千古名文，石崇的《金谷诗序》湮没无闻，看起来似乎是个偶然的人品（运气）问题，说到底，还是一个人品（品行）问题。

"人品"真的很重要呵。

王献之离婚那些事

　　《世说新语·德行》第 39 则："王子敬病笃，道家上章应首过，问子敬'由来有何异同得失?'子敬云：'不觉有余事，惟忆与郗家离婚。'"

　　这里的子敬，就是王羲之的儿子大书法家王献之。王羲之父子信奉天师道教，所以王献之病重时，就请道士来上章奏给天帝，把自己悔恨的事说出来，以祈求谅解和祛除病毒。这有点像西方的天主教徒向上帝忏悔一般，为的是求得内心的平衡。这道士就问王献之，一生中有何过失或罪错。王献之说，别的也没什么，就是一直忘不了与郗家离婚这件事。

　　读到这里，略有点诧异。王献之出身于名门世家，做到了晋朝中书令的高官，一生的经历多姿多彩，但他最耿耿于怀的，却是当年的离婚事。这婚事到底有何不寻常之处？再细玩文意，王献之说离婚的，是"郗家"而不是"郗氏"。"与郗家离婚"，听着总觉得有点别扭，《世说新语》的文字往往意在言外，这里有什么讲究？

　　王献之离婚的妻子，叫郗道茂，是东晋北中郎将、徐兖二州刺史郗昙的女儿，而郗昙是东晋太尉郗鉴之子、司空郗愔之弟。郗鉴的女儿也就是郗昙的姐姐、郗道茂的姑姑郗璇，嫁的是王献之的老爸王羲之，就是"东床坦腹"那个故事里的女主角。这样说起来，郗道茂与王献之本来就是姑表亲，两人说得上是青梅竹马。

　　郗道茂嫁到王家的具体时间没有记载，但在王羲之的手札里，数次说到王献之的"新妇"。王羲之去世于公元361年，王献之出生于公元344年，这样推算下来，比王献之大上一岁的郗道茂嫁入王家时，大概也就十六七岁。王羲之对这位儿媳是比较满意的，称她"淑质直亮，确懿纯美"。在现存的王献之的书信手札中，也多次说到了这位"新妇"，但多是述说其病情或为其求医问药。可见郗道茂的身体可能一直不大好，而王献之对这位夫人也是很珍惜的。

　　王家与郗家说得上是门当户对，王献之跟郗道茂也算是情投意合，两人结合在一起，应该是琴瑟和鸣、岁月静好的。但人生不如意事常八九，王献之不久就陷入了难言的尴尬之中，无法自拔。

开始是父亲王羲之的辞官隐居。王羲之做的官其实并不大，不过是会稽内史而已，相当于一个太守吧。这当然不是王羲之没才能，而是他志不在此，只想潇洒自在。朝廷曾征召他做侍中、吏部尚书一类的官，但王羲之都推辞了，宣称"吾素无廊庙志"。当时有一个叫王述的官员，虽也姓王，但他是太原王氏，与王羲之的琅玡王氏并不是同宗。王述袭封了蓝田侯，《世说新语》中"王蓝田食鸡子"，讲的就是他的故事。王述"少有名誉"，也是一个很有才能的人，当时就已把他和王羲之相提并论。但王羲之却看不起他，"羲之甚轻之，由是情好不协"，两人于是就有了嫌隙。王述这人恪守礼义、勤勉公事，慢慢地，朝野的舆论倒认为他比王羲之更出色，而王羲之"素轻蓝田，蓝田（王述）晚节论誉转重，右军（王羲之）尤不平"，王羲之心理就有点不平衡了。人在激愤之下，做事难免就没有了分寸。王述的母亲去世，王羲之按理该去吊唁，他好几次跟王述约好了去，王述也很重视，在家里准备迎接，王羲之却又故意迟迟不去。忽有一日，突然就去吊唁。家人通报王述，王述哭着迎出来，王羲之却连门也不进，掉头就走。这种极不礼貌的行为，形同侮辱，王羲之以此表示对王述的轻蔑。王述是个"事亲孝谨"的人，当然咽不下这口气。后来王述当了扬州刺史，成了会稽内史王羲之的顶头上司。他上任后，"周行郡境，而不历羲之"，到下辖各郡巡视一遍，就是不来会稽，存心给王羲之脸色看，并且"又检校会稽郡，求其得失"，要敲打敲打王羲之。心高气傲的王羲之哪受得了这个？就向朝廷请求，把会稽郡从扬州分出去，单独成立一个越州。这自然是不可能的，于是王羲之愤而辞职。而这时，王述的儿子王坦之已在朝廷做到了侍中的高官。两相对照，王羲之不免感到失落。他对儿子们说："吾不减怀祖，而位遇悬邈，当由汝等不及坦之故邪。"我水平能力不比王述（王述字怀祖）差，地位却差得老远，还受他的窝囊气，全是你们做儿子的，不如王坦之这个儿子有出息啊。可想而知，当时只做了州主簿、秘书郎一类小官的王献之，心里的阴影面积有多大。

王家要振兴，家族中最有才能的王献之责无旁贷。特立独行、醉心于书法的王献之其实并不想做官，但到了这地步，怎么说也要为家族争口气。本来，同为望族的郗家，可以为女婿王献之仕途助上一臂之力，但此时，郗家也开始走下坡路了。

郗家当然也是名门望族。自东晋渡江后，郗鉴建立起了京口武装集团，在平定"王敦、苏峻之乱"中立下大功，官至太尉，入主中枢。郗鉴的女儿嫁给王羲之，也有两家结盟的意思在里头。接着，郗鉴的长孙郗超，成为朝廷炙手可热的人物。当时掌握朝政的是权臣桓温，而郗超正是桓温的首席幕僚，桓温对他可说是言听计从。当时流传着一句话："髯参军，短主簿，能令公喜，能令公怒。"这里的"公"就是指桓温，而"髯参军"就是长有一部美髯的郗超。郗超号称能左右桓温的情绪，可见其重要。桓温废海西公司马奕专制晋朝，郗超为中书侍郎，成为东晋政权中的第二号人物。有一件事可见郗超之显赫。一次谢安和王坦之（就是与王羲之不和的王述的儿子）去求见郗超，从早上等到正午仍不得见。王坦之大怒，欲拂袖而去。谢安劝他说："不能为性命忍俄顷耶？"连谢安也如此畏惧郗超，可见其强势。但随着桓温死去，桓温集团遭到清洗，在郗超去世后，郗家迅速败落。

更麻烦的是，郗家此前就与谢安一族不和。谢安隐居东山，在朝廷的谢安家代表，是他的弟弟谢万。升平三年（359），当时任豫州刺史、监司豫冀并四州诸军事的谢万，与北中郎将郗昙（郗鉴的儿子、郗愔之弟）一起，各领一军北伐前燕。当谢万率军进入涡（水）、颍（水）之间时，郗昙因病而退兵回到彭城（今徐州）。谢万听到消息，以为郗昙是兵败而退，不敢孤军深入，仓促后退，士卒惊慌之下，一路溃

265

逃，许昌、颍川、谯郡、沛郡等郡县尽皆陷落，谢万单骑狼狈逃还，被治罪而废为庶人，不久病死。谢安要支撑谢家局面，不得已"东山再起"。谢安与谢万感情很好，他不怪谢万无能，只怪郗昙无故退兵，害死了谢万。这梁子就结得深了。《晋书·郗鉴传附郗超传》说，郗超一直觉得他父亲郗愔的名望在谢安之上，但位在谢安之下，于是"恒怀愤愤，发言慷慨，由是与谢氏不穆，（谢）安亦深恨之"。而郗超与谢安的侄子名将谢玄也是素来"不善"。

这里就要说到桓温之死了。桓温是东晋的丞相，胸有大志，权倾朝野，特别是他废海西公司马奕为东海公，立司马昱为晋简文帝后，将朝政牢牢控制在了自己手里。桓温一度曾想自立为帝，在谢安的抵制下才没有得逞。在桓温病重时，决定将兵权交给其弟桓冲，而让幼子桓玄承袭他南郡公的爵位。他的大儿子桓熙当然不服，就联合叔父桓秘、弟弟桓济谋杀桓冲。不料被桓冲发觉，先下手为强，把他们抓起来流放。而这桓济，正是当朝驸马，娶的是晋简文帝的女儿余姚公主司马道福。桓济被流放，司马道福只能与桓济离婚，回到宫中，改封为新安公主。这个新安公主，就是后来王献之娶的第二任夫人。

桓温一倒台，谢安掌握了朝廷大权，王坦之也成了实权人物。谢安跟王羲之一家的关系很不错。谢安的兄长谢奕的女儿谢道韫，就是那个"未若柳絮因风起"的才女，嫁给了王羲之的儿子王凝之。而王献之也很得谢安赏识。一日王徽之（就是"雪夜访戴"这则故事里的王子猷）、王操之、王献之三兄弟去拜访谢安。徽之、操之说了很多俗事，而王献之只略作寒暄就离去了。有人问谢安三人谁最优秀，谢安说："小者最胜。"并解释道："吉人之辞寡，躁人之辞多，推此知之。"而王羲之一家，也极为重视与谢安家的关系。王羲之的夫人郗璇曾愤愤不平地对自己的两个兄弟郗愔、郗昙说，他王家见了谢氏子弟来，"倾筐倒庋"，把最好的东西拿出来招待，可见了你们来，"平平尔"，你们以后"无烦复往"，没事就不要来自讨没趣。郗超死时，王献之兄弟去吊唁，穿着宽大的衣服，脚蹬一双木屐，坐了片刻就走了。郗愔感慨道，要是郗超不死，"鼠辈敢尔"！王献之的"轻慢"，因为他此时已是娶了新安公主，自然不便与郗家太过热络，也是因为服食五石散，所以穿上了高木屐，这说起来也是情有可原。郗愔出言激愤，实在是两家的关系，一直以来不是十分的和谐。

如果把王、郗、谢三家的情况简单概括一下，那就是，王羲之家面临没落，死对头王述又是朝廷重臣，需要家里的希望之星王献之来"中兴家族"，好在朝中大佬是老朋友谢安，可以依靠。郗家呢，郗超死后，已无复当日风光，朝中掌权的谢安、王坦之与郗家不和，但总算还有王羲之家可以"抱团取暖"。谢安家呢，是最为得意之时，但要进一步巩固权势，就要把王羲之家彻底拉到自己阵营，以对王述、王坦之形成压倒性优势。

这时，与桓温儿子桓济离了婚的新安公主司马道福，又面临一个择婿的问题。看来看去，山东琅玡王氏、河南陈郡谢氏、河南陈郡袁氏、河南颍川庾氏、山西太原王氏、安徽谯国桓氏，在这几户大家的子弟中，最为优秀而年龄相当的，当然就是"风流蕴藉，乃一时之冠"的王献之了。于是让弟弟晋孝武帝出面向王家提亲。

现在说起王献之离婚，不少人说是王献之迫于皇帝的权威甚至是贪图富贵。其实在当时，"王与马，共天下"，像王家、谢家这样的名门世家，与皇室几乎是平起平坐。王家人与司马家的子弟见了面，点个头握个手即可，用不着太恭敬的。拒绝皇家的婚姻，没有一点心理障碍。但问题是，谢安也力主这桩婚事，这样王家就要好好思量了。

谢安当然有他的想法。王献之要是娶了新安公主，按王献之的家世和才能，肯定是朝廷重臣，王家就能在王羲之死后再重振家声，这也是他对已故的老朋友王羲之的一个交代。

[晋] 王献之《玉版十三行》

而谢安呢，如果促成了这事，皇家和王家都要感谢他，他在朝中大佬的地位就更加巩固。王献之与郗道茂离婚，于郗家无疑是雪上加霜，对谢安来说，也是报了当年谢万被郗昙"害死"、自己被郗超羞辱的一箭之仇。所以谢安对这桩婚事很是热心。

王献之呢，他当然不愿意离弃郗道茂，对新安公主也没什么感情可言，所以他一开始是极力抗拒的。为了抗婚，他还用艾草灼伤了自己的双脚，成了一个半残疾，这对一个风流才子来说，是需要极大的勇气的。但即便如此，新安公主还是一心要嫁给王献之。估计王家也是开了好几次家族会议商讨此事。要是抗拒到底，得罪了皇帝，得罪了谢安，加上早已得罪了的王述、王坦之，王家估计以后是翻不了身了。同意了呢，王家就此走上复兴之路，与谢安家关系更为密切，对王坦之也可以扬眉吐气，只是对不起郗家，委屈了王献之和郗道茂。

其实，这事自从谢安插手后，答案就已经十分明确了，个人感情在家族利益面前，只能是服从。最后王献之与郗道茂离婚，新安公主司马道福嫁入了王家。王献之先是做了谢安的长史（相当于幕僚长），最后不出所料地做到了中书令的高官。他与新安公主的女儿王神爱后来又嫁回皇家，成为晋安的皇后。太元十年（385），谢安病逝，有关他的封赠礼仪存在着不同意见。王献之上书极力陈述谢安的功绩，晋孝武帝于是以隆重的礼仪封赠谢安。王献之也算是报答了谢安当年的提携之恩。

然而，在王献之心中，一直对郗道茂念念不忘。现存王献之的手札中，《奉对帖》就是写给郗道茂的，可能那时郗道茂已经郁郁而终多时了。这《奉对帖》是这样写的：

> 虽奉对积年，可以为尽日之欢，常苦不尽触类之畅，方欲与姊极当年之足，以之偕老，岂谓乖别至此！诸怀怅塞实深，当复何由日夕见姊耶？俯仰悲咽，实无已已，惟当绝气耳！

说得上是一往而情深。

到了临终时，王献之还是念念不忘郗道茂，深感对不起郗家，所以他才会在"首过"时说"不觉有余事，惟忆与郗家离婚"，可谓沉痛之极。但这又岂是王献之的错？

"大女主"的黄金时代

"可叹停机德，堪怜咏絮才"。《红楼梦》里这两句判词，前一句指宝钗，后一句指黛玉。在历代那么多才女中，曹公为什么偏偏选"咏絮才"来写他最喜欢的黛玉呢？想必，咏絮主人公——东晋才女谢道韫一定也是他的心头好，所以才免费做这"植入式广告"。

谢道韫几乎是才女的代名词，她最有名的那个段子你一定听说过：有一年冬天，东晋宰相谢安在家中带着子侄辈们赏雪，看着雪花漫天飞舞，谢安问："白雪纷纷何所似？"侄子谢朗答道："撒盐空中差可拟。"谢安未置可否。侄女谢道韫轻轻说了句："未若柳絮因风起。"这下，谢安乐得哈哈大笑。

这故事传为千古美谈，人人赞叹谢道韫才思敏捷。我却从中看到了更令后世女子神往之处：家庭教育，游园吟诗，男孩女孩一视同仁。这样的时代真正是女子的盛世啊！

到了后世，你懂的，女子无才便是德，巧言善辩几乎成了贬义词。你看在《红楼梦》里，即便是作为"开明大家长"形象出现的贾母，也说女孩子"读的什么书，不过识得几个字，不是睁眼的瞎子罢了"。于是，满腹诗书的林黛玉只好藏拙，说自己不曾读什么书，只略识得几个字。她的"咏絮才"自然也就无从施展了。

可见，大丈夫须得生逢其时，女子生对一个时代也同样十分要紧。21世纪被称作女性力量崛起的"她时代"，我们早就腻歪了吐舌瞪眼装可爱的"傻白甜"，就爱看气场强大、奋斗励志的"大女主"。而如果读史，你就会有一个惊喜发现，1500多年前的魏晋，竟是一个盛产"大女主"的黄金时代！

就拿谢道韫来说，谢安曾称赞她"雅人深致"。她的传奇可不止于诗文才情而已！她甚至连她的夫婿王凝之也瞧不起："不意天壤之中，乃有王郎！"要知道这"王郎"乃是王羲之之子，标准的浊世佳公子。并非王郎无能，实在是谢妹太高标准严要求了。

谢道韫这般目下无尘，自然有她的底气。即使是魏晋名

273

士的强项清谈，她也是不遑多让。有一次，小叔子王献之与人清谈，理屈词穷之际，谢道韫款款而出，挺身解围。只听得她引经据典，妙语连珠，立意高远，头头是道，客人们满座折服，无不啧啧赞叹。

后来王凝之任会稽内史时，碰上孙恩领军叛乱，笃信道教的王凝之不去好好设防布控，只一味拜神起乩，请鬼兵来驻守要塞。结果，叛军很快攻入城内，把王凝之和他四个儿子一起杀害了。谢道韫骤闻噩耗，心痛如绞，但她很快就镇定下来，拿起大刀，亲自带着家丁突围，与叛军展开殊死搏斗，还亲手斩杀数人。最终寡不敌众被抓后，为了保护3岁的小外孙，谢道韫挺身而出，厉声喝道："事在王门，何关他族？此小儿是我外孙，如必欲加诛，宁先杀我！"孙恩早听说过谢道韫的才名，此刻又被她气势所震慑，转而以礼相待，派属下护送谢道韫返回故乡。

谢道韫晚年定居会稽，因为名声在外，时常有学子登门求教。谢道韫虽然寡居，却并不保守，每每与来访者侃侃而谈，其气度才华、风韵高迈，常常使人心形俱服。谢道韫文能吟诗作赋，武能提刀杀敌，性格张扬，为人飒爽，充满"大女主"的力量之美，更像21世纪我们欣赏的那种新女性。

在魏晋，如此精彩的"大女主"当然不止谢道韫一个。

她们的才情不止于诗文，视野不限于婚姻，天地不囿于家庭；她们以积极姿态热情地拥抱这个世界，大胆自信地追求爱情、品评人物、洞悉朝局、参与社交，其才智气度每每令男子甘拜下风。

曹魏侍中辛毗的女儿辛宪英，从小聪明有才鉴。司马懿与曹爽争斗多年，于正始十年（249）发动"高平陵之变"。当时，辛宪英的弟弟辛敞担任曹爽的参军。在政变之际，辛敞左右为难：是跟其他人一起出去跟曹爽会合呢，还是应该留在城中避祸自保？纠结之中，辛敞便向姐姐请教。辛宪英对弟弟说：司马懿此次事变必会成功，但他此举目的只是要诛除曹爽。忠于职守是人伦大义。你身为曹爽部下，不能放弃自身责任。至于为他死那是亲信的职份，你只要跟随大众尽到本分就好了。辛敞闻言，便随众人出城。后来司马懿果然诛杀了曹爽及其亲信，而放过了其他随从。在波谲云诡、复杂残酷的政治斗争中，辛宪英既保全了弟弟，又成全了人伦大义。这种超凡见识，即便男子也没几个人比得上吧？

钟会伐蜀前，辛宪英又预见到钟会必反。她说："钟会处事恣意放肆，这不是长久为人下属的态度，我恐怕他会有异志。"于是她劝儿子羊琇向司马昭极力请辞，不要随钟会出征伐蜀。请辞没辞掉，无奈之下，辛宪英又给羊琇支招，让他在军旅之间要时刻慎思责任、站稳立场、保持仁恕，一定要加倍谨慎留心。后来钟会假奉太后诏命叛变，羊琇站稳了立场，在这场凶险的叛变中保全了自身。明代写《五杂组》的学者谢肇淛对辛宪英赞不绝口，称她"算无遗策，言必依正，当是列女中第一流人物也"。写《闲情偶记》的大文人李渔称赞她"善于料事如此，而又能料人，真女中之英才耳"。康有为还说，以辛宪英之清识，列于须眉男子中，亦属凤毛麟角。

女子们才智过人，荆钗不让须眉。自然，她们在婚姻当中也不是一味"嫁鸡随鸡、嫁狗随狗"，而是追求更加自主的婚姻、更加平等的夫妻关系。

贾充的女儿贾午，看到韩寿"美姿容"，一见倾心，于是就在婢女帮助下经常跟韩寿幽会。后来贾充发现了女儿与韩寿私通的事，只好顺水推舟将贾午嫁给了韩寿，这就是著名的"韩寿偷香"。贾午大胆追求心中所爱，堪比卓文君私奔司马相如。而这个故事更有意思，毕竟，卓文君是被她父亲赶出了家门，而贾充身为廷尉，发现女儿的"败德"行为后选择了成全。

不止大家闺秀勇敢大胆地追求爱情，当时的平民女子也都热情奔放。著名美男潘安行走街头，女子们看到他"莫不连手共萦之"，还往他车上掷满了水果。文学家左思长得丑，女人们干脆"齐共乱唾之"。哈，这些魏晋女子比起今天的女孩追星，还要无拘无束、率性可爱，而且对于美丑的"爱憎分明"更是令人捧腹。就此看来，梁山伯和祝英台的故事发生在魏晋，也就是最顺理成章的事儿了。

嫁做人妇后，那些僵化的礼法也困不住自由的灵魂。魏晋的妻子们可不甘心当男人的附庸，她们依然活得特立独行、率性洒脱。

谢道韫惊叹"不意天壤之中乃有王郎"，嫌弃起丈夫来相当耿直。诸葛诞的女儿怼起夫君来也很有趣。王广娶诸葛小妹为妻，进入新房后，王广掀开新娘子的盖头，大概是为了煞煞新娘子的威风，故意不客气地说："你这新娘子神态卑微，比你父亲公休差远了！"新婚之夜就栽了，以后还怎么拿住夫君？诸葛小妹立刻毫不犹豫地怼回去："你身为大丈夫，不能效仿令尊王彦云，却要求我一个妇人做英雄豪杰！"这话像一记闷棍，对不知深浅的丈夫迎头棒喝。王广之后再也不敢随便嘲笑妻子了。

不只是美女有颜任性，丑女也很自信、机智。许允的妻子是卫尉阮共的女儿，长得奇丑无比。新婚之夜，许允嫌弃新娘子长得丑，死活不肯进新房。后来朋友们好不容易把他劝进去，他一见新娘掉头又想逃跑。新娘知道他这一去再也不会回来，就一把拽住他的衣服不让走。许允存心让她难堪，就问："妇人四德，你有几个？"所谓四德，就是德、言、容、工，允妻回答："我缺的只是容貌而已。读书人的美德，夫君你又有几个？"许允大言不惭地回答，"我样样都有。"允妻说："你爱色不爱德，怎么能说样样都有？"一番话说得许允面有惭色，他这才发现此女非凡，从此对妻子敬爱有加。

还有更潇洒不羁的。王浑有一次与妻子钟氏坐在一起，见儿子从前庭走过，王浑高兴地对妻子说："生儿如此，足慰人意。"妻子笑着回答："如果我嫁的是你弟弟，生的儿子一定比这还要好！"在古代礼法家、卫道士看来，嫂嫂落水尚且不能去拉一把，王浑妻子这玩笑简直是伤风败俗、恬不知耻！可是在当时看来，这玩笑却是那么率真洒脱，令人忍俊不禁。细想想，唯有女子真正自信豁达，才能在婚姻生活中表现得这么活泼机智吧。

山涛的妻子韩氏也有惊人之举。山涛与嵇康、阮籍一见面就情投意合，来往甚密。韩氏觉得丈夫和这两个人的交往非比寻常，就让山涛邀请嵇康、阮籍到家中做客。两位来了，韩氏准备好酒肉，劝山涛留他们在家中过夜。当晚，韩氏在墙上挖了个小洞，偷偷观察这两个人，通宵达旦流连忘返。山涛过来问韩氏觉得这二人怎么样，韩氏说：你的才华和情

[明] 佚名《千秋绝艳图》（局部）

趣都比他们差远了，你应该以你的见识和气度跟他们交往。山涛闻言，不仅不恼，反而深觉有理。

妇女偷窥男子，这本是严重违反礼法的事，而魏晋人却把它看作超常拔俗的行为。《世说新语》还把韩氏归于"贤媛"之列，极赞她的胆识及知人之能，可见当时的社会氛围之开放。女性有思想、有个性、有魄力、有胆识，嬉笑怒骂，率性而行，不再是男子的陪衬和附庸，而是与丈夫平等相交，更像是朋友和知己。

魏晋女同胞咋就这么牛呢？就在此前不远的东汉，才女班昭还专门写过《女诫》，告诫女子要"卑弱第一"，就是女子一定要谦恭卑弱、任劳任怨、忍辱负重地侍奉好丈夫，如此才能讨得丈夫的怜爱。女人们戴上这道精神枷锁，自然潇洒不起来。而到后世宋明理学成为主流思想，社会对女性禁锢越来越严苛，男女授受不亲，饿死事小失节事大，三寸金莲，笑不露齿，女人最后都成了裹脚的小老太太。独独魏晋，开启了一个女子的黄金时代，她们不会低眉顺眼地无条件服从夫权，而是与丈夫平起平坐、分庭抗礼。她们语言机智活泼，行为从心所欲，与传统礼教全然不同。

这个黄金时代是怎么形成的呢？魏晋南北朝政治黑暗、社会动荡，却是"精神史上极自由、极解放，最富于智慧、最浓于热情的一个时代"。一方面，汉朝以来的传统儒家礼教的禁锢被冲破，玄学思潮盛行，人们更崇尚自我，大胆追求身心自由、个性解放。另一方面，民族大融合也带来了思想解放。北方少数民族妇女社会地位较高，离婚再嫁现象普遍，有尚武习俗，这些都对中原带来积极影响。这个时代不仅造就了狂放不羁的名士风度，也造就了无数聪明慧黠、个性张扬、自由奔放的精彩女性，令后世追慕神往。

她们有多自由奔放？《抱朴子·外篇·疾谬》记载了这时期妇女的社交活动场景："或宿于他门，或冒夜而返。游戏佛寺，观视渔畋。登高临水，出境庆吊。开车褰帏，周章城邑，杯觞路酌，弦歌行奏。"夜不归宿，佛寺玩耍，结伴而行，爬山涉水，举火而游，路边派对，喝着酒唱着歌儿，好不潇洒快意！她们还大胆地与男士交游，甚至"促膝之狭坐，交杯觞于咫尺"，无怪乎正统而古板的《抱朴子》要骂她们"背礼叛教"了。

经济独立才能带来真正的人格独立，魏晋女子也享有了财产权。在此前的汉朝，"子妇无私货，无私畜，无私器，不敢私假，不敢私与。妇，或赐之饮食、衣服、布帛、佩帨、茝兰，则受而献诸舅姑"（《礼记·内则》）。这就是说，汉朝女子在出嫁前没有财产，出嫁后作为妻媳也无私有财产，甚至女子从娘家带去的财产的所有权也被剥夺。而晋朝则规定了女丁占田的限量和课亩的数量，这是历史上有明确记载的专门对妇女征收田赋的开始，说明当时承认女性拥有合法土地和财产。同是纳税人，自然地位要讲究平等！与此同时，魏晋时期士族通婚，大族男女门当户对，女子出身于豪族，对家庭财产拥有一定支配权，婚后也有自己的私人财产，这是她们婚后能够与男性平等对话，并主持家政、参与社交的重要经济基础。

魏晋女子还能享有更多的教育机会。不仅是谢道韫这样的名门闺秀可以与男孩一起受教育，当时女子读书已蔚然成风。《晋书·列女传》里记载了一个"韦逞母宋氏"，就是前秦太常韦逞的母亲。宋氏幼年丧母，她的父亲亲自教养她，还把累世家学传授给她。后来前秦皇帝苻坚曾选派学生120人跟她学习《周官》音义，还赐号"宣文君"。这位宋氏就此成为中国古代历史上第一位女博士。在一些士族家庭，甚至奴婢也能读书识字。奴婢们说起话来都动辄《诗经》，引经据典，女主子们的才学那还得了吗？

有经济基础，有知识有学问，还有宽松自由的社会风气，魏晋女子一改以往娇柔、懦弱的姿态，她们睿智沉稳、风雅洒脱、自由热情，丝毫不逊于男性，甚至于胜过男性，展现了魏晋女子的绝代风华。一种风流吾最爱，魏晋人物晚唐诗。我们最爱的不仅有魏晋名士风度，还有魏晋女子风华。

21世纪的"她时代"，比起魏晋男女还要平等，社会氛围还宽松自由得多，中国女性劳动参与率世界第一，妇女早就顶起了半边天。这样的黄金时代不可辜负，愿女性都能成为"大女主"，主宰自己的命运，活出最美的风华！

"怕老婆指数"也是大好

　　哲学家说，一枚硬币总有两面。魏晋这枚光怪陆离的硬币，一面盛产智慧独立的"大女主"，令男人们叹为观止；一面又盛产嚣张彪悍的"妒妇"，令男人们唉声叹气。

　　子曰，一个嚣张的女人背后必有一个怕老婆的男人。魏晋一个特别有趣的现象是，那些大人物在外面名动天下、风流潇洒，回到家里见到老婆却像老鼠见了猫，一个比一个惧内。怕老婆的皇帝，怕老婆的宰相，怕老婆的权臣，怕老婆的将帅，怕老婆的名士，云集一时，蔚为壮观。

　　皇帝会怕老婆。司马炎是晋朝开国皇帝，出兵伐吴，统一全国，前期怎么也算得上英明神武。天下人都怕他，他却独独怕一个人——皇后杨艳。他当了皇帝也想广纳美女，可哪怕他在选秀之前特意下诏禁止百姓婚嫁，把民间所有美女都搜罗来海选，他还是选不到一个可心人，为啥？因为杨皇后妒性很强，专门给他挑丑女。后来司马炎看到卞藩的女儿长得很美，就悄悄对杨艳说："卞氏女很好。"皇帝都亲自开口了，怎么着要卖他个面子吧。可杨艳不，她板着脸说："卞家三代都当皇后，他们家女儿不能来做小，只有我把皇后位子让给她。"被这话一激，司马炎只得悻悻然放弃了。无论大事小事、家事国事，甚至再不合情理的事，司马炎对杨艳都言听计从。比如，在杨艳死后要续娶她堂妹杨芷为皇后，坚持让白痴儿子司马衷当太子，还为司马衷娶了个又黑又丑的太子妃贾南风，这都是听从杨艳的主意。后来司马衷当皇帝，没继承老爸半点聪明，只有一点得了真传——怕老婆，朝廷内外完全由贾南风说了算。至于贾后乱政，引发"八王之乱"，这是后话，略过不提。

东晋两位丞相怕老婆也是薪火相传。皇帝惧内父死子继，皇后乱政祸国殃民，那是极端特例，丞相怕老婆就无伤大雅了。王导辅佐司马睿建立东晋，时人说"王与马，共天下"，足见他地位与威望之高。可他也被人揪住了怕老婆的"小辫子"。夫人曹淑对王导看管很严，对他身边出现的每个女子都要严加盘查，弄得王导"乾纲不振"。于是，他只好偷偷摸摸找了个秘密据点，养了一堆美人。有一次，曹淑无意中发现了这事儿，不由得怒从心头起、恶向胆边生，立刻和身边 20几个婢女扛起菜刀就杀将过去。当时王导正在和众名流清谈，手拿清谈工具塵尾，高谈阔论雄辩滔滔，好一派名士风度！猛地听说夫人要去"斩草除根"，王导吓得魂不附体。老婆很生气，后果很严重！他立刻上演了一幕"生死时速"：跳上牛车赶紧跑。怕老牛跑不快，他一手扶栏杆，一手拿着塵尾拼命拍打牛屁股——这会儿，什么宰相威仪、名士风度都顾不上了！好歹提前赶到，他终于成功转移了"犯罪证据"。

后来这事传为笑谈。大臣蔡谟就故意打趣他："我听说朝廷要对你加九锡呀！"被蔡谟一通忽悠，王导还信以为真，很谦虚地连连摆手，"哎呀，我何德何能"。眼看耍弄够了，蔡谟翻出了底牌："别的不加，牛车和塵尾一定不能少！"噗！这也太欺负人了！王导方知中计，他多年修炼的温柔敦厚、雅量超群一秒钟破功，王导终于恼羞成怒爆发了，他破口大骂："想当年老子威风的时候，你小子还不知道在哪儿呢！"王导这次可真是斯文扫地，可在现在看来，这样倒更显出真性情，多了几分幽默可爱呢。

东晋另一位名相谢安，除了能指挥以少胜多的"淝水之战"，还将怕老婆事业进一步发扬光大。他的"家教"比王导还严。谢安年轻时隐居东山，携妓同游，也曾是个花花公子。

后来娶了夫人居然就"金盆洗手"，彻底变怂了。有一次谢安看美女跳舞看得太陶醉了，夫人刘氏就不高兴了，突然请谢安离场。谢安还想厚着脸皮再赖一会儿，刘氏笑笑，悠悠地吐出四个字——"恐伤盛德"。夫人这笑，杀气很重啊。大帽子一扣下来，谢安只能拍拍屁股，含恨离场。

后来谢安看中一名女子，又不敢直接对夫人讲明。侄儿们看不过去了，就自告奋勇为叔请愿。他们跑过去劝刘氏说："婶婶对叔叔管得太严了，不闻《诗经》上说'窈窕淑女，君子好逑'么?"刘氏淡然一笑："这诗谁写的?"侄儿们回答说"周公"。刘氏说："周公是男的，自然这样说。如果是周姥，会说这些屁话吗?"于是众人晕倒，谢安苦笑。治天下易，撼夫人难! 纳妾之事只得不了了之。

跋扈权臣也怕老婆。权臣桓温在东晋时权倾朝野，连皇帝都敢说废就废，却也是个"耙耳朵"。有一次，夫人南康公主听说桓温纳了李氏女为妾，就拿上刀，带着几十个婢女杀将过来。当她来到李氏住处，却见李氏"长发垂地，肤色玉曜"。这位李氏女是成汉皇帝李势的妹妹，刚亡了国，被掳到这里。她看到公主杀过来，神情从容地说："国破家亡，无心至此。今日若能见杀，乃是本怀。"公主面冷心热，立刻扔下刀子，抱住李氏说："我见犹怜，何况那老东西呢?"从此两人仇恨尽消。这样的妒妇，并不是把丈夫当作天，把所有年轻美女都当敌人，一旦"天"塌了便要死要活撒泼打滚，一见"狐狸精"就扑上去撕咬。她们会打响婚姻保卫战，却也不会迷失自己。花心丈夫固然可恨，冰清美女更是我见犹怜。这样的妒妇，可敬可爱，哪有半点丑恶呢？

还有怕老婆的将帅。还是他老桓家的，东晋大将桓冲不知道什么怪癖，不爱穿新衣服，每次都要穿旧的。有一次洗完澡，桓冲的夫人故意给他送来一套新衣服，桓冲大怒，让下人赶紧拿走。不料，夫人就不惯他这臭毛病，又让拿回来，还说："衣不经新，何由而故？"咦，这话没毛病啊，夫人英明！桓冲不由得放声大笑，心甘情愿穿上了新衣。嗯，堂堂将帅，整装完毕，请夫人指示！

怕老婆的名士就更多了去了。王戎和妻子感情非常好，妻子经常喊他"卿卿"。这这！卿卿我我的像什么话，岂非显得我儿女情长英雄气短？——王戎大概是在外面觉得有点难为情了，就回家求老婆说：亲爱的，以后别这么叫了行么，在外人面前给我留点面子行么？不料这位妻子很傲娇，回答很任性："亲卿爱卿，是以卿卿；我不卿卿，谁当卿卿？"最妙的是，王戎一听，立刻又觉得妻子言之有理，于是两个人就继续这么"卿卿我我"下去，一路到处秀恩爱"撒狗粮”了。

你看看，妒妇年年有，魏晋特别多。这可不是我瞎掰，哲学家宗白华先生也曾盖章认证，说"魏晋是一个妒性发达的社会"。那么问题来了，为什么魏晋妒妇特别多，或者换句话说，为什么魏晋男士特别怕老婆？

对于男人为什么怕老婆，清朝五色石主人在话本小说《八洞天》中作了一个有趣的阐述：怕老婆种类有三，势怕、理怕、情怕。势怕有三，一是畏妻之贵，二是畏妻之富，三是畏妻之悍；理怕有三，一是敬妻之贤，二是服妻之才，三是量妻之苦；情怕也有三，一是爱妻之美，二是怜妻之少（青春年少），三是惜妻之娇。

那些魏晋贵人们怕老婆，自然不是畏惧老婆的富贵权势，那么就是后两者——理怕、情怕。三从四德、三妻四妾，在封建社会本属寻常，魏晋时女人地位再高，那也只是相对而言，这世界终究还是掌握在男人手中。堂堂帝王将相，当真怕老婆吗？像王导、谢安这等人物，生死关头尚且镇定自若，真会怕老婆到胆战心惊吗？要是当真不讲情理，任性而为，再怎么妒妇悍妻母老虎，一纸休书也就打发了——显然，他们不是真怕，而是出于爱，出于尊重。就像《叶问》里的那句台词说的："这个世界上没有怕老婆的男人，只有尊重老婆的男人。"

其实，这也是一枚硬币的两个方面，在思想自由、追求性灵的魏晋时代，女人个性独立、意识觉醒、才华横溢，男人也懂得欣赏女人、尊重女人。漫漫历史从来就是这样，有王子必有公主，有绅士必有淑女，有才子就有佳人，有流氓就有泼妇——男人塑造了女人，女人塑造了男人，男人和女人互相塑造和成就。

魏晋男人很多不是把妻子当奴仆、当私有财产，而是把妻子看作有血有肉有灵魂的人，爱得真，爱得切。美男子潘岳有无数女粉丝，然而他却对妻子用情至深，在妻子死后作的悼亡诗情真意切，哀婉感伤，开悼亡诗之先河。

曹操谋臣荀彧的儿子荀粲，字奉倩，是标准的官二代高富帅。《世说新语》里记载了他一个很有名的故事，说是荀奉倩很爱他妻子，为给生病发热的妻子降温，同时又不让她受冻，他就在寒冬腊月里脱衣赤身立于庭院，等把自己身体冻冷了，再回来抱住妻子为她退烧——看到这里，估计很多同学想起来了《甄嬛传》里果郡王深情地为嬛嬛退烧，把多少人感动得稀里哗啦，原来真实原型在这里啊。这简直是"暖男"的千古楷模！后世很多人用诗歌纪念这位暖男，比如唐代李贺写的"情若何，荀奉倩"，清代纳兰性德写的"不辞冰

遥望白云怀古一何深

[清] 石涛《陶渊明诗意图册》

雪为卿热"。最有名的还是歌手刘德华，每次演唱会都深情唱道，"冷冷的冰雨在脸上胡乱地拍，暖暖的眼泪跟寒雨混成一块"，把暖男的热情、担心和用心唱得淋漓尽致。当然了，不是所有美好的事情都有大团圆的结局。故事的结局是，妻子死后，荀奉倩思念成疾，不多久也死了。

在这个故事之后，《世说新语》中还附加了一句荀奉倩的名言："妇人德不足称，当以色为主。"在中国历史上，妻子殉夫屡见不鲜，丈夫殉妻却很少见，荀奉倩的行为足以说明他"以色为主"的真正含义。他的"唯色论"听起来惊世骇俗，其实只是对封建礼教"妇德"的一种反叛。他把女性真正看作一个有特殊存在意义的独立个体，其实质是肯定女性，赞美女性。魏晋男子就是这么真挚自然，有着包容胸襟和平等意识，他们没有"直男癌"。

王戎与妻子卿卿我我、桓冲被老婆怼得没脾气、山涛请妻子偷窥品评朋友，都透着一种暖，这背后是对女性的尊重。不止夫妻间如此，谢安对侄女才华击节赞赏，士大夫亲自教养女儿，郑玄让奴婢们读书，也无不透着一种暖男气质。

现在不是流行一句话么，"上等人，有本事没有脾气；末等人，没有本事脾气却大"。越是成功优秀的男人，越懂得尊重和爱护女性；越没本事的男人，脾气就越大。把外面的挫折、烦恼带回家，对着妻子窝里横的丈夫，肯定不会是一个好男人。

这样看来，一个男人的"怕老婆指数"，倒是大可以作为衡量他自身文明素质的一个标尺。我这个指数是这样设计的：一个男人越优秀，越怕老婆，则指数越高。

其实，这也不是我的发明专利，大学问家胡适比我走得更远。他早年担任北大校长时曾发表过一篇宏论，说是一个国家怕老婆的故事多，则容易走向民主，反之则否。例如，德国文学极少有怕老婆的故事，故不易民主，而中国怕老婆的故事特多，所有将来有实现自由民主的希望。胡适还为男同胞们也发明了一套"三从四得"——三从，是太太外出要跟从，太太的话要听从，太太讲错要盲从。四得，就是太太化妆要等得，太太发怒要忍得，太太生日要记得，太太花钱要舍得。胡适之所以成为民国男神，除了长得帅、学问好，这"三从四得"也是绝对加分项吧！

将"怕老婆指数"与政治民主紧扣在一起，思绪未免跳脱了点，我却以为不无道理。古今中外多数时候，男子居于强势地位，而能对处于弱势的女子表示宽容和忍让，这其实有种包容精神在内，而胡适的另一句名言，正是说"容忍就是自由"。魏晋"怕老婆"成为一种风尚，而恰恰魏晋思想较为开放自由，这算不算对胡适理论的一种支撑呢？

还有一个例证是，唐朝社会开放活泼，怕老婆的故事也尤其多。唐中宗怕皇后韦氏那是出了名的，有一次竟连宫中乐工都公开唱道："回波尔时栲栳，怕妇也是大好。外边只有裴谈，内里无过李老。"意思是说，当时最怕老婆的，在外当推御史大夫裴谈，宫里就要数咱们皇上了。据说，当时韦皇后还很得意，当即赏赐了这名乐工。而那位被推上"惧内英雄榜"榜首的裴谈大人，不仅畏妻如虎，他还为自己发明了一整套理论："妻有可畏者三：少妙之时，视之如生菩萨，安有人不畏生菩萨？及男女满前，视之如九子魔母，安有人不畏九子魔母耶？及五十、六十，薄施妆粉，或青或黑，视之如鸠盘荼，安有人不畏鸠盘荼？"

哈，看来，忽闻河东狮吼，贵贱无别；怕妇也是大好，古今一也。

当下上海男人"怕老婆指数"较高，为四方所笑，这或许正是上海文明程度较高的标志呢？——看到这里，男士们不妨一一对号入座，自我评估一下"怕老婆指数"，有则加勉，无则改之吧。

图书在版编目(CIP)数据

风骨化沉香：历史的闲言碎语/杨自强，杨洁著.
—上海：上海书店出版社，2018.7（2020.6重印）
ISBN 978 - 7 - 5458 - 1673 - 0

Ⅰ.①风… Ⅱ.①杨… ②杨… Ⅲ.①随笔一作品集
一中国一当代 Ⅳ.①I267.1

中国版本图书馆 CIP 数据核字(2018)第 146159 号

责任编辑　解永健　汪　昊
特约编辑　杨卫平
封面设计　郦书径

风骨化沉香：历史的闲言碎语
杨自强　杨　洁　著

出　　版　上海书店出版社
　　　　　（200001　上海福建中路 193 号）
发　　行　上海人民出版社发行中心
印　　刷　苏州市越洋印刷有限公司
开　　本　787×1092　1/32
印　　张　9.5
版　　次　2018 年 7 月第 1 版
印　　次　2020 年 6 月第 3 次印刷
ISBN 978-7-5458-1673-0/I.441
定　　价　45.00 元